*Metamorphosen im Fleischwolf*

Hartwig Stein

# Metamorphosen im Fleischwolf

Neue Fabeln für Verwachsene

**Bibliografische Information der Deutschen Nationalbibliothek**
Die Deutsche Nationalbibliothek verzeichnet diese Publikation
in der Deutschen Nationalbibliografie; detaillierte bibliografische
Daten sind im Internet über http://dnb.d-nb.de abrufbar.

© Hartwig Stein, 2013
Das Umschlagbild beruht auf einer Idee von Susanne Stein; die
künstlerische Ausführung besorgte Michael Gillmeister von M & G –
Marketing und Gestaltung <http://www.mg-multimedia.de>
Umschlagdesign, Satz, Herstellung und Verlag:
BoD - Books on Demand
ISBN 978-3-7322-2713-6

# Inhalt

| | |
|---|---|
| Die @meisen | 9 |
| Ham & Eggs | 10 |
| Schwein gehabt | 12 |
| Der Pfir... | 18 |
| Ein Schmetterling namens Lu Ping | 19 |
| Der Hahn und die Perle | 20 |
| Auf Old McDonalds Schönheitsfarm | 21 |
| Das Chamäleon | 23 |
| Comme il Floh | 24 |
| Das Sparschwein | 26 |
| Der Habicht und die Nachtigall | 27 |
| Time Maschine | 28 |
| Nachhaltige Entwicklung | 30 |
| Die Schönheitskonkurrenz | 31 |
| Der Maulwurf | 33 |
| Der Fall | 34 |
| Romulus und Julia | 35 |
| Das Große Los | 38 |
| Wild-Wechsel | 40 |

| | |
|---|---|
| Ein hohes Tier | 41 |
| Die Wanze | 43 |
| Im Netz | 44 |
| Stoßgebet einer Kirchenmaus | 46 |
| lamentation einer salonlöwin | 47 |
| Es geht um die Wurst... | 48 |
| Butschi | 50 |
| Das Manifest „Du bist das Silo" im Wortlaut | 58 |
| Der kleine Unterschied | 60 |
| Adler verpflichtet | 61 |
| Das Glücksrad | 64 |
| Die gelbe Gefahr | 66 |
| Der neue Leviathan | 69 |
| Die Briefbombe | 72 |
| A Salmon called Salmonella | 78 |
| Die Sausokratie | 79 |
| Der alte Kuckuck | 84 |
| Der Problembär | 86 |
| Von Oxen und Paradochsen | 93 |
| Der Wurmfortsatz | 95 |
| Die verschlossene Auster | 96 |

| | |
|---|---|
| Lied der Gottesanbeterin | 100 |
| gecovert | 101 |
| Der Zitteraal | 102 |
| Drucknachweis | 103 |

## Die @meisen

In Hamburg lebten zwei @meisen,
die wollten nach Australien reisen
und baten die Maus vor ihrem PC:
Zwei Mal Down Under per Datenchaussee! –
Zwei Mal Down Under, ein Doppelklick,
dann tauschten sie einen Kennerblick
und kniffen sich wechselseitig ins Ohr:
Hier steht ja auch nur ein Monitor!

# Ham & Eggs

Ein unternehmungslustiges Huhn und ein arbeitsloses Schwein witterten eine Marktlücke, machten ein Joint-Venture und gründeten die „Schwuhn A.G. für Ham & Eggs". Rechte und Pflichten der Anteilseigner wurden paritätisch verteilt, die Aufgabenbereiche arbeitsteilig gegliedert und streng nach Kompetenz zugewiesen: Das Huhn lieferte die Eier, das Schwein den Schinken.

Das im Zentrum des Tierkreises eröffnete Unternehmen ließ sich angesichts dieser Voraussetzungen hervorragend an, erreichte auf Anhieb die Gewinnzone und hätte zweifellos Wirtschaftsgeschichte geschrieben, wenn das Schwein mehr Schwein gehabt hätte. So büßte es schon am Eröffnungstag seine Geschäftsfähigkeit ein und wurde seitdem nicht mehr gesehen.

Da die Erbengemeinschaft, ein Konsortium von 13, in Worten: dreizehn Ferkeln, sich zum Erstaunen der Eierköpfe in den Rating-Agenturen strikt weigerte, seine Nachfolge anzutreten, übernahm das Huhn die Geschäftsanteile und führte den Betrieb in Eigenregie weiter.

Diese Risikobereitschaft zahlte sich freilich nur so lange aus, bis der eingelagerte Schinken zur Neige ging. Allfällige Hamsterkäufe gut informierter Insider verschärften die Lage und öffneten selbst Maulwürfen die Hühneraugen: Ohne Schinken geriet „Ham & Eggs" ins Eiern!

Um zu retten, was zu retten war, entschloss sich das Huhn zu einer radikalen Umstrukturierung und setzte auf Selbstbehauptung durch Selbstbeschränkung. Es stellte den unprofitablen Unternehmensteil ein und firmierte mit Hilfe eines stillen Teilhabers aus dem Hennegau in „Huhn Solo – Eggs ‚r' us" um.

Dieser Neustart rettete zwar die Firma, erreichte aber nur

eine Konsolidierung auf niedrigstem Niveau, da das Huhn ab nun als ein Anbieter unter vielen agierte. In einem Massenmarkt, wo neben Ente, Gans und Möwe auch Strauß und Wachtel, ja selbst Osterhase und Stör operierten, krebste „Huhn Solo" von Anfang an am Rande des Existenzminimums, zumal bahnbrechende Innovationen wie das Ei des Columbus (oder der Columba, wie einige Hohltauben felsenfest behaupteten) mittlerweile zum kommerziellen Standard gehörten.

Als einige Heuschrecken den Futtermittelmarkt übernahmen und wenig später in Grund und Boden wirtschafteten, konsultierte das sichtlich vom Fleisch gefallene Huhn einen ehemaligen Wappenvogel, der seine üppige Staatspension als Unternehmensberater aufbesserte. Der Tipp der renommierten „T. Adler & Co. Consult" war ebenso heiß und klar wie Hühnerbrühe: Ihnen fehlt ein Alleinstellungsmerkmal. Lassen Sie die Sau raus, dann können Sie nahtlos an Ihre früheren Erfolge anknüpfen.

Obwohl das halb verhungerte Huhn unverzüglich sein Sparschwein schlachtete, war der gute Rat so teuer, dass sein Unternehmen zahlungsunfähig wurde. Immerhin gestaltete sich das Insolvenzverfahren kurz und schmerzlos: Der Aasgeier zerlegte „Huhn Solo" in seine Bestandteile und bot die verwertbaren Filetstücke zum Kauf an. Eine geschäftstüchtige Eiderente erwarb die Federn – der Rest war Schweigen. Nur der letzte Seufzer des Huhns sorgte für eine gewisse Irritation: Das dumme Schwein hat alles versaut!

## Schwein gehabt

Begonnen hatte alles mit einem gewöhnlichen Wachstumsschub. Der Frischling schoss in die Höhe, streckte seine Glieder, blähte sich auf und wetzte die Hauer. Dann blickte er tatendurstig umher und suchte mit blitzenden Schweinsäuglein eine Gelegenheit, um aller Welt zu zeigen, was in ihm steckte.

Die Bachen des Rudels zitterten wie Schweinskopfsülze: Wollte der junge Keiler das alte Hauptschwein entmachten und all seinen Sauen nach Lust und Laune unter die Schwarzkittel greifen? Weit gefehlt! Wie stark die Vorstellung den Keiler auch anzog, so sehr stieß sie ihn immer aufs Neue ab. Die Bachen, die er kannte, suhlten sich lustvoll im Dreck, quiekten gescheit durcheinander, waren nicht mehr die jüngsten und überhaupt – Sauen mit Vergangenheit. Er aber fühlte sich wie neugeboren und hatte die Zukunft noch vor sich.

Als eine erfahrene Bache dem jungen, kontaktscheuen Keiler ein eindeutiges Angebot machte, wies er sie tief entrüstet zurück und fand sein Heil in sofortiger Flucht. Als Liebhaber unter „Ferner beschliefen" wollte er sein Mannesalter nicht beginnen!

Seitdem streifte er rastlos durch Wald und Flur, vermied den Umgang mit schweinesgleichen und suchte mit einer ebenso bewundernswerten wie beängstigenden Energie eine Freundin, die ganz anders war als alle Bachen und doch so perfekt zu ihm passte wie der Saitling zur Wurst.

Auf diesen rastlosen Pirschgängen, die im Laufe der Zeit immer größere Suchkreise beschrieben, stieß der Streuner eines Tages auf ein seltsames Gebäude, das ihn sofort wie magisch anzog. Als er sich dem langgestreckten, unter einem flachen Satteldach ruhenden Steinquader näherte, umwehte ihn plötzlich ein süßer, unwiderstehlicher Duft von frischem, quicklebendigem Schweinefleisch, der auch ein abgebrühtes Trüffelschwein in Ekstase versetzt hätte.

Wie er an die lange, chromdurchbrochene Glasfront gekommen war, wusste er später selbst nicht mehr. Genug, dass er jetzt vor ihr stand. Auf kurzen, schwankenden Läufen starrte er dumm und stumm aus den Augenhöhlen und stierte mit feucht verschwimmenden, alles verschlingenden Blicken hinein.

Es war das Paradies: unbeschreiblich weiblich und doch so real wie der Abdruck seines feuchten Rüssels auf der Fensterscheibe. Dreißig, vierzig süße Säue tummelten sich nackt und rosig auf frischem Stroh, grunzten frivol durcheinander und schienen nur darauf zu warten, dass ein gestandener Keiler ihnen nach allen Regeln der Brunst den Hof machte.

Während sich der selbstvergessene Schwerenöter in immer neue Wunschträume hineinsteigerte, verwandelte sich das verglaste Idyll in einen Ort des Schreckens: Eine Sau hatte die finstere Gestalt mit ihren riesigen, speicheltriefenden Hauern entdeckt, quiekend Alarm geschlagen und einen Tumult ausgelöst, der die verspielten Marzipanschweine im Nu in eine Herde verängstigter Schafe verwandelte, die sich in der hintersten Ecke des Großraums zusammendrängte.

Als kurz darauf die Katzenköpfe des Vorhofs von schweren, genagelten Schritten widerhallten, wurde selbst der verblendete Voyeur hellhörig und machte sich schweren Herzens aus dem Staub, obwohl er sein Herz für immer verloren hatte.

Immerhin saß sein Kopf noch fest auf dem Rumpf und funktionierte im Großen und Ganzen einwandfrei, auch wenn er die Welt ab jetzt nur noch in rosigen Farben erfasste. Denn eines stand für den Keiler außer Frage: Das legendäre Paradies, das der Schweinepriester Jesauja in einer uralten

Schwarte beschrieben hatte, existierte tatsächlich – und er hatte es aufgespürt, ganz allein, und würde sich wohlweislich hüten, auch nur ein Sterbenswort zu verraten.

Obwohl sein Ziel vollkommen klar war, so glasklar wie die Fensterfront der wahnsinnlichen Peep-Show, und er den Weg selbst im Tiefschlaf seiner feuchten Träume problemlos hätte zurücklegen können, lag zwischen beiden eine offenbar stark gesicherte Schleuse, die er öffnen und passieren musste, um in den siebten Himmel eindringen zu können.

Bevor der Keiler sich diesem objektiven Hindernis zuwandte, galt es freilich ein subjektives Handicap zu beseitigen, das fast genauso schwer ins Gewicht fiel. Wie die Erfahrung gezeigt hatte, entsprach sein Erscheinungsbild, so ungern er sich das eingestand, dem paradiesischen Schönheitsideal allenfalls in groben Konturen. Wenn er also nicht wieder Angst und Schrecken verbreiten, sondern Lust und Liebe wecken wollte, musste er seinen schwarzen, borstigen Kittel unter allen Umständen loswerden.

Sollte er ein Rasiermesser kaufen und einen Topf rosa Farbe, sich erst wie ein Schaf scheren und dann wie ein Chamäleon färben? Nein, das wäre zu auffällig gewesen und hätte ihn umgehend zum Gegenstand des öffentlichen Interesses gemacht. Es musste eine Möglichkeit geben, die ihn mit affenartiger Geschwindigkeit verwandeln, im Bedarfsfall aber genau so schnell in den Naturzustand zurückversetzen konnte, auch wenn diese Forderung augenscheinlich auf eine Quadratur des Tierkreises hinauslief.

Bei näherer Betrachtung wurde dem Keiler allerdings schnell klar, dass sich Metamorphosen gegebenenfalls mit Hilfe einfacher Kulturtechniken vorspiegeln ließen. Was der Wolf im Schafspelz oder der Esel in der Löwenhaut vorgemacht hatten, konnte auch für ein Wildschwein kein Tuch mit sieben Siegeln sein, zumal die Vernetzung aller Kulturkreise mittlerweile Optionen eröffnete, die alles in den

Schatten stellten, was seine fabelhaften Vorgänger sich hätten erträumen können.

Die elektronische Suche nach einem geeigneten Tarnhemd dauerte denn auch nur knapp zehn Minuten: Unter www.geilerkeiler.com entdeckt und mit wenigen Mausclicks bestellt, traf das vermeintliche Ding der Unmöglichkeit binnen vierundzwanzig Stunden in neutraler Verpackung ein und entfaltete sich, von heftigen Vorlustgefühlen begleitet, als pinkfarbener, im Schritt offener Catsuit, der selbst einer Verkehrskontrolle der Bullen ohne weiteres standgehalten hätte.

Auspacken, Anziehen und Aufbrechen verschmolzen im Nu zu einer fließenden Bewegung, die als rosige Längswelle mit dem ersten Sonnenstrahl auf die Pforte des Paradieses traf. Während der Zeigefinger der Morgenröte allerdings ungehindert durchs Schlüsselloch drang, prallte der fleischfarbene Kugelblitz hart zurück und rollte stöhnend über die Katzenköpfe des Vorhofs.

Nachdem er sich mühsam klargemacht hatte, dass er den Zugang nicht erzwingen könne, mobilisierte der Keiler seinen brummenden Schädel und fand nach einem tumultuösen Brainstorming tatsächlich einen bahnbrechenden Analogiefall, der alle Hindernisse beseitigen musste. Tief Luft holend trat er in gebührendem Abstand vor das Tor, fixierte das Schlüsselloch und grunzte erwartungsvoll: Sesam, öffne dich!

Obwohl Sesamkuchen als Viehfutter von jeher Verwendung findet und namentlich in ländlichen Regionen alles andere als selten ist, blieben die mächtigen Doppelflügel der Grotdör ebenso fest geschlossen wie die kleine, links vom Überschlag eingelassene Klöndör. Nur die Katzenklappe sprang fauchend auf, pendelte eine Weile in den Klappscharnieren und fiel dann mit quietschendem Miau in die Ruhelage zurück.

Miau!, quiekte der Keiler schlagfertig, doch die Katzenklappe verharrte nun stumm in der Grundstellung. Misau, öffne dich!, variierte der Keiler verbissen, kam dann auf Sisal, Soja und Salbei, um sich danach in einer wirren Folge bizarrer Permutationen zu verlieren, die kein Schwein jemals gehört, geschweige denn buchstabiert hatte.

In diesem Moment erklangen die Katzenköpfe des Vorhofs vom Echo schwerer, genagelter Schritte und zwangen den Keiler unvermittelt ins nahe Gebüsch. Dann knarrte die Klöndör, schwang seufzend auf und gähnte sperrangelweit in den Morgen. Ein strahlender Lichtkorridor fiel auf den immer noch dämmrigen Vorhof und brachte einen süßen Duft von frischem, quicklebendigem Schweinefleisch mit sich, der den Keiler mit unwiderstehlicher Macht anzog.

Ohne auch nur den Versuch zu machen, noch einmal zu sichern, brach er aus seinem Versteck, preschte im Schweinsgalopp in den Korridor und verschwand im selben Augenblick in einem türfüllenden Schlagschatten mit riesiger, hoch erhobener Extremität. Ein kurzes metallisches Klicken meinte der Keiler noch wahrgenommen zu haben, dann folgte ein Blitz aus aufgeheitertem Himmel und entlud einen Hagelschauer von gröbstem Schrot und Korn, der alle Borsten des Schwarzkittels bis aufs Blut durchkämmte, während der atomisierte Catsuit in alle vier Winde zerstob.

Der Weg nach Hause wurde zum Leidensweg, der sich lang und länger hinzog und dann ein trostloses Ende nahm. Blutrot bis über beide Ohren rollte der Keiler in den heimischen Kessel, schreckte das Rudel aus dem Schlaf, wurde erkannt und genoss wenig später die Fürsorge einer jungen Bache, die ihr soziales Jahr beim „Emanzipierten Etappenschwein" absolvierte, einer tierischen Hilfsorganisation, die sich der Pflege traumatisierter Kriegsopfer verschrieben hatte.

In dieser liebevollen Obhut genas der Keiler schneller als erwartet und entdeckte zu seinem Entzücken, dass wenigstens ein unbeschreiblich weibliches Schwein außerhalb des Paradieses lebte und obendrein weder Angst noch Schrecken verspürte, wenn er seine Hauer unter der Bettdecke hervorstreckte, sondern kokett durchblicken ließ, dass sie für ihren attraktiv vernarbten, zugleich jungen und lebenserfahrenen Patienten mehr empfand, als einem emanzipierten Etappenschwein von Rechts und Geschlechts wegen zustand. Dass ihr Erscheinungsbild dem paradiesischen Schönheitsideal allenfalls in groben Konturen entsprach, störte den Keiler nicht im Geringsten. Er wusste genau, wie dieser Makel beseitigt werden konnte – mit einem rosa Catsuit von geilerkeiler.

## Der Pfir...

Der Pfir hängt meist für sich allein
(Vielliebchen treten selten ein)
und lebt sein Anundpfirsichsein;
drum heißt er Pfirsich, nicht Pfirdich,
am allerwenigsten Pfirmich.

Was immer er damit bezweckt,
(nicht inbegriffen, dass er schmeckt)
vielleicht gezielt den Schein erweckt,
er wär sich seiner selbst bewusst,
verbirgt er tief in seiner Brust.

Ob mit dem Pfir ein Ich verknüpft,
(speziell, wenn er vom Baum gehüpft)
dem dann der Pfirsichgeist entschlüpft,
steht bestenfalls, sofern man's hat,
auf einem andern Pfirsichblatt.

## *Ein Schmetterling namens Lu Ping*

Ein Schmetterling namens Lu Ping
galt allen als Kümmerling,
bis er eine Kurve verzog,
beherzt einen Purzelbaum flog
und in die Geschichte einging.

## Der Hahn und die Perle

Kennst du die Fabel vom Hahn und der Perle?, fragte die Sau.
Natürlich, erwiderte die Eule. Ein Hahn fand beim Ausmisten eine kostbare Perle. Sowie er jedoch feststellte, dass sie ungenießbar war, spie er sie aus, da er alles, was er nicht verbrauchen konnte, für unbrauchbar hielt.
So ist es, versetzte die Sau bekümmert, aber es heißt: Perlen vor die Säue und nicht vor die Hähne werfen...
Bis jetzt hat kein Hahn danach gekräht, scherzte die Eule, und sich vor allem keine Sau darum gekümmert.
Bis jetzt, ergänzte die Sau entrüstet, hat auch der Vogel der Weisheit geschwiegen – wider besseres Wissen.
Was ich bloß weiß, entgegnete die Eule kühl, macht mich noch lange nicht heiß. Wenn ich alles, was falsch ist, richtig stellen wollte, hätte ich längst jeden Einfluss verloren und wäre vom Tierkreis als chronischer Querulant kaltgestellt worden.
„Hättest du geschwiegen, wärst du Philosoph geblieben!", zitierte die Sau bitter.
Wer schweigt, kommt nie ins Gerede, aber oft ins Gespräch, konterte die Eule.
Auf diese Weise nimmt meine Diskriminierung doch nie ein Ende, protestierte die Sau.
Finde die Perle, und bring sie zum Sprechen...

# Auf Old McDonalds Schönheitsfarm

Auf Old McDonalds Schönheitsfarm
da herrscht verkehrte Welt:
Die Säue werden abgespeckt
und zahln dafür noch Geld.

Ob Würstchen oder Rindfleischberg,
ob bleich, ob bankbesonnt,
bewegungsarm und körperreich –
hier trifft sich Tout le monde.

Frühmorgens geht's in Gänsemarsch
zum FdH-Buffet;
dort gibt es gute Landluft satt
und einen Abführtee.

Danach wird kräftig Weight gewatcht,
sonst geht die Rosskur schief;
wer insgeheim gepräpelt hat,
bekommt ein Vomitiv.

Um zehn ruft dann der Doktorfisch
zum Eingriff ins OP
und macht aus jeder Milka-Kuh
ein gertenschlankes Reh.

Als erstes wird das Milchgesicht
mit dem Skalpell entrahmt,
die Schweineäuglein freigelegt
und Rodenstockgerahmt.

Das Doppelkinn wird abgesaugt,
der Damenbart rasiert,
das Bauchfleisch wird EU-genormt,
der Kummerspeck quotiert.

Im Anschluss hält man Schönheitsschlaf
und träumt sich in Fasson;
doch manches Es verschlingt im Traum
ein Kalbfleischmedaillon.

Nach Tisch geht es im Schweinsgalopp
zur Anti-Aging-Kur:
Hier wird die Seele hochgestimmt
von mollig nach C dur.

Zuletzt wird Everybody noch
orangenhautgepeelt,
bis selbst Sau Dora Durchschnitt sich
wie Aphrodite feelt.

So fährt sie badeschaumgeborn
nach Hause, ma Chérie,
nur keine Angst, der Status Po
hat ein Jahr Garantie!

# Das Chamäleon

Was machst du denn noch hier!?, schrieen die flüchtenden Gänse entsetzt.
 Ich?, stutzte das Chamäleon. Ja, weißt du denn nicht!? Die Füchse! Die Füchse sind an der Macht!!
 O, flüsterte das Chamäleon und errötete heftig.
 Nun seht euch den Opportunisten an!
 Opportunist?, erwiderte das Chamäleon. Weit gefehlt: Ich gehe in die innere Emigration.

## Comme il Floh

Am Waschbetonbecken eines städtischen Grünflecks begegneten sich zwei streunende Hunde. Während der eine die eutrophierte Brühe mit Behagen in sich hineinschlabberte, wiegte der andere seinen mageren Leib schnüffelnd am Beckenrand.
Nach einer Weile hob der Säufer den Kopf und knurrte: Du willst doch wohl nicht ins Wasser gehen? Denk an die Bremer Stadtmusikanten – etwas Besseres als den Tod findest du überall.
Keine Sorge, versetzte der Schnüffler, ich überlege nur, ob ich ein Vollbad nehmen sollte.
Ein Vollbad? Du bist doch kein Seehund!
Ich wollte, ich wäre einer: Seehunde haben keine Flöhe.
Bleibe an Land und nähre sie redlich, lachte der Säufer und kratzte sich demonstrativ am Ohr.
Dein Juckreiz spricht eine andere Sprache.
Ich hüte mich trotzdem, meine Kinder mit dem Bad auszuschütten.
Klar, du nimmst lieber ein Blutbad.
Wenn ich meine Flöhe ertränkte, versetzte der Säufer gelassen, begänne doch alles wieder von vorn. Blutsauger gibt es in Massen, rohe Rotten verhärmter Migranten, die jedes Machtvakuum unfehlbar aufspüren, ungestraft angreifen und unbarmherzig ausbeuten. Meine Flöhe dagegen sind satt und zufrieden, wohltemperiert, konservativ und heimatverbunden. Die Kuh, die sie melken, lieben sie fast wie sich selbst und setzen alles daran, um sie zu schützen.
Wer unter Flöhen leidet, sollte sich also mit Geduld und Spucke wappnen, bis Hund und Floh sich wechselseitig zur zweiten Natur geworden sind.

Was denn sonst! Der Prozeß der Zivilisation verläuft überall nach demselben Muster: vom Wildtier über das Haustier zum Schoßtier.

Da magst du Recht haben, erwog der Schnüffler. Die Handtasche meines Ex-Frauchens war früher ein Nil-Krokodil.

Siehst du, triumphierte der Säufer und ergänzte vertraulich: Wenn alles gut geht, eröffne ich nächstes Jahr einen Flohzirkus.

## Das Sparschwein

Ein Sparschwein mit rosigem Vollmondgesicht
laborierte an chronischem Untergewicht
und dachte verängstigt: Bleib ich so leer,
zieht man mich bald aus dem Zahlungsverkehr,
ja stellt mich wegen versäumter Pflicht
womöglich noch vor ein Scherbengericht.

Das Sparschwein bat daher um einen Kredit,
biss bei der Bank jedoch auf Granit.
Auch der Kredithai winkte ab,
er finanziere kein Groschengrab.
Beim Crowdfunding war es das gleiche Lied;
nur eine Kirchenmaus gab sich splendid.

Dann setzte das Sparschwein auf Innovation
und testete mutig ein Wachstumshormon.
Das wirkte tatsächlich: Das Schwein wuchs enorm
und kam binnen Stunden schwer in Form;
doch die Mäuse zeigten null Reaktion –
sie blieben so leicht wie vorher schon.

Da sah das Schwein seine Ehre befleckt,
sein Nomen nicht durch das Omen gedeckt
und stürzte sich ohne ein Abschiedswort
am Boden zerstört vom Bücherbord
und merkte erst, als es in Trümmern lag,
dass es fast ganz voller Geldscheine stak.

## Der Habicht und die Nachtigall

Was nützt dir mein Tod?, flehte die Nachtigall. Von Haut und Knochen wirst du nicht satt. Kunst ist brotlos. Schenkst du mir aber das Leben, beschenkst du dich selbst: Mein Körper ist klein, meine Stimme ist groß.

Gut gebrüllt, Löwe, erwiderte der Habicht sarkastisch, doch wo bleibt dein Biss? Gaumenfreude und Kunstgenuss schließen sich doch nicht aus. Die ganze Kunst besteht darin, das Angenehme mit dem Nützlichen zu verbinden. Mein Wort: Der Schwanengesang einer gegrillten Nachtigall ist unübertrefflich.

# Time Maschine

Was macht das Ur,
was macht das Ur,
was macht das Ur bloß im Silur?

Welches Wurmloch in der Zeit
tunnelte die Ewigkeit,
gab der Auerochsentour
jäh den Richtungssinn retour?

Ging ein Umkehrschub durchs Sein,
war's Intelligent Design,
eines Dichters Ungeschück?
Ganz egal: Du musst zurück!

Hinterlässt du im Silur
auch nur die geringste Spur,
stürzt die Welt ins Ungefähr...
Komm nach Hause, ins Quartär.

Wenn du weiterhin dort bleibst,
dich am Ende gar beweibst,
dann entsteht kein Homo-Gen,
wird kein Affe aufrecht gehn,

wird der Geist nicht aufgeweckt,
niemals Roastbeef abgeschmeckt,
kein Amerika entdeckt,
nuklear nicht abgeschreckt,

stirbt der Pulverpavian
vor der Zeit an Rinderwahn.

Was macht das Ur,
was macht das Ur,
was macht das Ur bloß im Silur?

# Nachhaltige Entwicklung

Töte mich nicht, schrie die Maus, du schadest dir selbst! Was euch in der Todesangst alles einfällt, ist schon erstaunlich, knurrte der Kater.

Im Ernst, keuchte die Maus, wenn du mich frisst, untergräbst du dir und deinen Kindern die Lebensgrundlage.

Mir?, feixte der Kater.

Ja, dir, konterte die Maus mit dem Mut der Verzweiflung. Ich bin nämlich schon im sechzehnten Tag und werde in einer Woche mit vier bis sechs, vielleicht sogar acht Jungen niederkommen. Bedenke, acht Junge, von denen die Hälfte nach der Geschlechtsreife wieder fünf bis sechs Mal im Jahr bis zu acht Junge gebärt. Du siehst, es kann sich für Katzen nur lohnen, schwangere Mäuse zu schonen.

Hmmm, schnurrte der Kater erwägend und wandte dann ein: Das mag in der Theorie richtig sein, taugt aber nicht für die Praxis. Wer garantiert mir, dass alle anderen Katzen genauso denken und handeln?

Ich, erwiderte die Maus kühn, denn wer hätte Einwände anderer Katzen zu fürchten, der einen Kater wie dich überzeugen konnte.

Einwände wohl nicht, missmutete der Kater säuerlich schnalzend, aber knurrende Mägen.

## Die Schönheitskonkurrenz

Als der Adler den ganzen gefiederten Tierkreis zu einem großen Schönheitswettbewerb einlud, gab es – mit Ausnahme des Unglücksraben – nicht einen einzigen Vogel, der freiwillig auf seine Teilnahme verzichtet hätte. Schneider- und Webervogel hatten ihr Bestes gegeben und alles, was da schwamm, lief oder flog, optimal ausstaffiert: Der Pinguin glänzte im Frack, der Pfau schlug ein Riesenrad nach dem anderen, und der Halsbandfliegenfänger präsentierte einen Propeller, der auch dem blank geputzten Schuhschnabel den Atem verschlug. Selbst so unscheinbare Zeitgenossen wie Kuckuck, Sprosser und Zaunkönig hatten gemeldet und drehten sich unbeholfen, aber erwartungsvoll im Schmuck ihrer aufgebügelten Federkleider. Über allen aber thronte der Star und machte seinem Namen auch unter diesen Umständen alle erdenkliche Ehre.

Nachdem die Vorstellung beendet war und wenig später die konkurrierenden Diagramm-Säulen der TED-Umfrage bald schneller, bald langsamer in die Höhe perlten, stieg die Begeisterung hyperbolisch an und brach dann abrupt ab. Dass der Paradiesvogel vorne lag, war zu erwarten gewesen; auch dass der Pfau ihm hart auf den Fersen sein würde, überraschte niemanden; doch dass ein völlig unbekannter, kaleidoskopisch glänzender Zaubervogel sie mühelos abfangen und auf die Plätze verweisen konnte, ging nicht nur über die Kapazität der reichlich vertretenen Spatzengehirne.

Allgemeine Verwirrung breitete sich aus: Die Zeitungsenten schnatterten erregt durcheinander, Papierschwalben machten Sommertheater, Schmierfinken krächzten Skandal, und selbst Seine Majestät mutmaßte erregt, dass ein bezahlter Revolverhahn den Paradiesvogel abgeschossen habe.

Trotz dieses ausgesprochenen Unbehagens wäre am Sieg

des Unbekannten kaum zu rütteln gewesen, wenn nicht der mittlerweile aufgeschreckte Uhu die Preisverleihung mit einem lauten Schmuhu in Frage gestellt hätte. Laut Aussage des selten gesehenen, aber sehr angesehenen Zeugen handelte es sich bei dem „faulen Zaubervogel", wie er mehrfach mit zorniger Stimme betonte, um niemand anderen als den bekannten, selbst unter seinesgleichen wenig wohlgelittenen Unglücksraben. Er hatte in der Nacht zuvor im Tierkreis die Runde gemacht, die bekannten Mauserplätze aufgesucht und sich alle fremden Federn, die ihm brauchbar erschienen, ungeniert ins Kleid gesteckt.

Die Vögel reagierten auf diese Enthüllung mit einer Mischung aus Abscheu und Bewunderung. Sollte man den Unglücksraben nun wegen unlauteren Wettbewerbs disqualifizieren oder auf Grund seines genialen Einfalls trotzdem prämieren? Die alles überragende Schönheit seiner Erscheinung stand außer Frage; unbestreitbar war aber auch, dass sie auf einer Vorspiegelung falscher Tatsachen beruhte. Dieser schöne Schein besaß allerdings den Charme einer hochentwickelten Kultur, die nicht nur die natürliche Anmut des bloßen Schönseins offenkundig in den Schatten stellte, sondern die Schönheit zugleich demokratisierte und selbst den hässlichsten Vogel von heute auf morgen schön und dadurch glücklich machen konnte.

Für die weiblichen Vögel war die Streitfrage damit geklärt: Ein Federkleid war lediglich Prêt-à-porter, die Haute Couture begann erst beim Feder-Schmuck. Für die männlichen Vögel brach eine Welt zusammen: Die Parität war hergestellt, und es war nur eine Frage der Zeit, bis Frauenversteher wie Trottellumme und Tölpel die Seite wechselten. Doch auch der Unglücksrabe konnte sein Glück nicht lange genießen: Von seinen Geschlechtsgenossen ausgestoßen und kurz darauf von Seiner Majestät für vogelfrei erklärt, wurde er wenige Tage später am Fuß des Laufstegs tot aufgefunden.

# Der Maulwurf

Ein Maulwurf, der die Welt verrohrt,
wird irgendwann total verbohrt,
weil sich der Trieb, der ihn regiert,
auf bloßen Vortrieb reduziert.

Sein ohnehin getrübter Blick
wird nach und nach zum Tunnelblick,
ererbte Blindheit mit der Zeit
verbissene Betriebsblindheit.

Selbst wenn er Abraum aufgestaut
und nachts vom Maulwurfshügel schaut,
sieht er den Mond als Grubenlicht
und denkt schon an die nächste Schicht.

Dann fährt er hochzufrieden ein
und weiß sich eins mit allem Sein,
das so vollkommen ausgedacht,
als hätte er es selbst gemacht.

# Der Fall

Noch bevor die Taube aufschlug, strömten die ersten Schaulustigen zur Absturzstelle. Sekunden später erfolgte der Aufprall. Die Taube war sofort tot. Nur ihre Eingeweide quollen zählebig aus dem zerschmetterten Rumpf und brachten das Innenleben des weltberühmten Pazifisten schamlos ans Licht. Eine ganze Menagerie kam da zum Vorschein: kleine Gehäuseschnecken und Würmer, zahllose Läuse, Raupen und Puppen verschiedener Spanner und Wickler, diverse Blattwespenlarven.
Der halbe Tierkreis!, wie die Insekten unter den Zuschauern betroffen feststellten.
Das Entsetzen war nichtsdestoweniger allgemein.
Nur eine tote Taube ist eine Friedenstaube!, höhnte ein junger Dachs und brachte die Gefühle der Menge schlagfertig auf den Begriff.
Wie recht du hast, ergänzte ein alter Hase. Wer von uns weiß denn, wie viele Tauben sich schon zu Falken gemausert haben?

# *Romulus und Julia*

Ein naseweises Lamm, das seiner Mutter entlaufen war, traf eine Wölfin, ohne zu ahnen, wes Geistes Kind ihm über den Weg lief. Fest überzeugt, ein schwarzes Schaf vor sich zu haben, sprang das Lamm auf sie zu, stupste die Wölfin beherzt auf die Nase und drängte sich schwanzwedelnd an ihre Zitzen.

Völlig entgeistert prallte die Wölfin zurück, nieste heftig und schüttelte sich, als ob sie ihr Weltbild wieder zurechtrücken müsste, während das Lamm zu fremdeln begann und wie ein Wolf im Schafspelz losheulte.

Obwohl das Geheul eine Fülle befremdlicher Töne enthielt, löste es einen Schlüsselreiz aus, der dem kleinen Schafskopf das Leben rettete. Erst unlängst von einer Fehlgeburt genesen, nahm ihn die Wölfin an Kindes statt an und nannte ihn Romulus.

Im Rudel löste die Adoption allerdings erhebliche Vorbehalte aus. Obwohl Mutter und Kind gut harmonierten und Romulus alles andere als ein lammfrommer Feigling war, überwog selbst bei Muttertieren die Furcht, die Wölfin nähre eine Schlange am Busen, die eines Tages die ganze Meute gefährden könne.

Die Adoptivmutter wies diese Bedenken entschlossen zurück und erklärte, dass jeder Säugling, der mit Wolfsmilch aufgezogen werde, sich Zug um Zug in einen lupenreinen Lupus verwandle, auch wenn sein Erscheinungsbild die angestammte Form behalte. Ein derart naturalisierter Migrant werde dem Rudel keinen Schaden zufügen, sondern erheblichen Nutzen bringen, da er als Spitzel oder Lockvogel viel wirkungsvoller arbeiten könne als jeder Wolf im Schafspelz.

Diese kühl skizzierten Erfolgsaussichten riefen einen Stimmungsumschwung hervor, der das Verhältnis von Risiko und Chance verkehrte. Was vorher als selbstmörderisches

Wagnis galt, erschien jetzt als innovativer Durchbruch in eine schöne, neue Welt gesicherter Versorgung, in der die Fleischeslust kein Ende nahm. Selbst das Alphatier war gewillt, A wie Adoption zu wagen, da das folgende B reiche Beute versprach.

Tatsächlich entwickelte sich Romulus in einer Weise, die die Prognose der Wölfin noch in den Schatten stellte. Nachdem er einige recht zähe Mutterschafe übertölpelt und ihre aufdringliche Hilfsbereitschaft unbarmherzig vergolten hatte, schleppte er seine jüngere Schwester Dolly mit, deren frisches, festes Muskelfleisch bei der Meute noch tagelang für Gesprächsstoff sorgte.

Mit diesem Meisterstück eroberte Romulus das Herz oder doch den Magen des letzten Skeptikers; er hatte sein eigenes Fleisch und Blut verleugnet und wurde vom Alphatier in Anerkennung seiner Verdienste um die Logistik offiziell zum Wolfsanwärter ernannt.

So lebten sie alle herrlich und in Freuden, bis die Ranzzeit kam und die traditionelle Fleischeslust vom Magen in die Geschlechtsorgane verlagerte. Die Wölfinnen gerieten nach und nach außer Rand und Band, heulten unbeschreiblich weiblich um die Wette und überboten sich in aggressiven Initiativbewerbungen, sodass dem frischgebackenen Wolfsanwärter die Schamhaare zu Berge standen.

Am schlimmsten von allen war eine hagere Jungwölfin mit schief stehenden Sehern und stechendem Blick, die auf den schönen Namen Julia hörte, ihm ungeniert nachstellte und nichts unversucht ließ, um Romulus nach allen Regeln der Brunst zu verführen.

Da der frühe Vogel bekanntlich den Wurm fängt, kam Julia schon im Morgengrauen, bellte ihm rüde ins Ohr und verpasste ihm einen ebenso herz- wie schmerzhaften Nasenstüber, dann beugte sie sich speicheltriefend über sein verschlafenes Gesicht und verfinsterte die Sonne.

Romulus zog dann seinen Pelz über beide Ohren, wälzte sich auf den Bauch und zeigte ihr einen Schwanz, an den Julia nicht einmal im Albtraum gedacht hätte. Immerhin ließ die drastische Geste einen gewissen Stil erkennen, der ihr ein wölfisches Grinsen entlockte und ihr die Hoffnung gab, den Anwärter doch noch zum Wolf zu machen. Dieses neckische Spiel wiederholte sich zwei, drei Mal, bis Julia ihn mit der virilen Leidenschaft einer verschmähten Wölfin in den Hintern biss. Obwohl Romulus unverzüglich wie ein Wolf im Schafspelz losheulte, ließ die Wölfin sich nicht mehr beirren. Julia hatte Blut geleckt, kam sofort auf den Geschmack und machte sich mit einem wahren Wolfshunger über ihn her.

Das herbeistürmende Rudel ließ sich nicht lange bitten, zerriss den Kadaver in Windeseile und garnierte den Leichenschmaus mit vollmundigen Grabreden. Während die meisten den hervorragenden Geschmack des Toten rühmten, den Julia sogar noch höher einstufte als den seiner Schwester, und die Adoptivmutter kleinlaut einräumte, dass sich der Migrationshintergrund immer noch herausschmecken lasse, wischte sich das Alphatier das Blut von den Lefzen und erklärte lapidar, dass der Anwärter den Einbürgerungstest nicht bestanden habe, obwohl sich die Wolfsdame Julia bis zur Selbstverleugnung um ihn bemüht habe. Es sei ihm daher ein persönliches Bedürfnis, Julia mit sofortiger Wirkung zu seiner Maitresse zu ernennen, um sie für die entgangenen Freuden zu entschädigen.

# Das Große Los

Ein Zirkuskamel aus Köthen
gewann das Große Los:
Ein Jackpot voller Kröten –
da war die Hölle los!

Es leckte seine Wunden,
erwarb ein Schneckenhaus,
schmiss Elefantenrunden
und spielte Vogel Strauß.

Ganz gleich, was es probierte,
es wurde jetzt ein Star,
stieg auf und avancierte
zum Riesendromedar.

Dann kam, was kommen musste,
nach Größe Größenwahn;
bald machte es Verluste
und wurde abgetan.

Nun galt es, zu verzichten,
und es hieß allgemein:
Kamele sind mitnichten
Intelligent Design.

Todtraurig ging es sterben,
gab seinen Löffel ab
(mehr war nicht zu vererben)
und sank verarmt ins Grab,

fiel tiefer, höher, Himmel-
und Höllenkreuzverhör...,
dann zog ein schwarzer Schimmel
es durch ein Nadelöhr.

Im Nu, als es passierte,
ein scharfer Schenkeldruck,
ein Tusch!, man applaudierte
Kamel und Mameluk.

Ein Blick ins Ungefähre,
dann war der Traum verpufft,
blieb von der Weltkarriere
nur heiße Zirkusluft.

# Wild-Wechsel

Seit Tagen hängt die Spinne im Zentrum des Radnetzes. Sie hat alles getan: ein großer, viereckiger Rahmen, drei Dutzend Speichen, die dichtmaschige Nabe, die Fangspirale, das Wohngespinst. Es ist unbenutzt. Die Nächte sind lau, jeder Weg kostet Kraft, selbst die Zeit Energie. Stunde um Stunde geht durch die Maschen: Quadrat, Kreis, Sektor, Segment. Sie hat alles getan.

## *Ein hohes Tier*

Am Rande des Asphaltdschungels lebte ein alter, alleinerziehender Papagei. Er hatte zwar nur einen einzigen Sohn, aber der war so zurückgeblieben, dass er nach drei Jahren noch nicht bis zwei zählen konnte. Als sein Stammhalter auch im vierten Jahr keine Fortschritte machte, entschloss sich der überforderte Vater, ihn in die Kreisstadt zu schicken und Politiker werden zu lassen.

Als er nach Jahr und Tag zurückkam, war der Sohn kaum wiederzuerkennen: Er hatte sich mit fremden Federn geschmückt und sah einer Krähe zum Verwechseln ähnlich. Wie siehst du denn aus!?, kreischte der Vater. Ohne dass der Hahn drei Mal gekräht hat, hast du mich verleugnet.

Das sieht nur so aus, erwiderte der Sohn. Im Kreis haben die Krähen die Macht. Wenn ich mich ihnen nicht angepasst hätte, wäre ich nie Pressesprecher geworden.

Das hört sich schon besser an, versetzte der Alte und schickte den Jungen zur Fortbildung in die Provinzhauptstadt.

Als er nach Jahr und Tag zurückkam, trug der Sohn ein neues, aprilfrisches Schafsfell und määähte so fröhlich und fromm, als ob er schon als Osterlamm auf die Welt gekommen wäre.

Haben die Schafe die Macht übernommen?, rief der Vater verdutzt.

Das sieht nur so aus, erwiderte der Sohn. In Wahrheit herrschen die Wölfe; aber in drei Wochen – er konnte jetzt schon bis drei zählen – sind Wahlen.

Das hört sich schon besser an, versetzte der Alte und schickte den Jungen zur Weiterbildung in die Landeshauptstadt.

Als er nach Jahr und Tag zurückkam, fuhr der Sohn in einer rabenschwarzen Limousine vor, die von einer Eskorte Weißer Mäuse weiträumig abgeschirmt wurde.

Mein Gott, staunte der Vater, bist du Präsident geworden? Fehlt der Biss? Kein Argument? – 3x täglich PRÄSIDENT!, strahlte der Sohn und fuhr dann im Brustton der Überzeugung fort: PRÄ-SI-DENT – die Zahnpasta mit den drei Präs: vielversprechendes Lächeln, staatstragende Stimme, nichtssagender Redefluss. PRÄ-SI-DENT – für Staatsmänner und alle, die es werden wollen. PRÄSIDENT ist übrigens auch für den Elder Statesman geeignet; damit Sie auch morgen noch goldene Worte sprechen können.

Bist du übergeschnappt!?, schäumte der Vater.

Das sieht nur so aus, erwiderte der Sohn. Ich habe eine lukrative Nebentätigkeit als Werbeträger übernommen. Von den lausigen Diäten kann kein Schwein leben.

Das hört sich schon besser an, versetzte der Alte, aber bist du nun Präsident oder nicht?

Natürlich bin ich Präsident. Der „Gesellschaft für Entwicklungshilfe", wenn du's genau wissen willst. Sieh mal, was ich dir mitgebracht habe: eine handsignierte Großpackung PRÄSIDENT!

Du Narr, Papageien haben doch gar keine...

Das ist Entwicklungspolitik, unterbrach ihn der Sohn, davon verstehst du nichts.

Entwicklungspolitik?, stammelte der Vater.

Entwicklungspolitik ist die Kunst, einem Barfüßigen zu zeigen, wo ihn der Schuh drückt, triumphierte der Sohn und brauste mit Blaulicht und Martinshorn zurück in die Hauptstadt.

# Die Wanze

Zum Lauschen erfunden
und unter der Hand
fast jedem verbunden
bewach ich das Land,
lieg stets auf der Lauer,
bin ständig auf Draht:
Ob Gassenhauer,
ob Hochverrat,
ich prüfe beflissen,
doch immer diskret,
selbst Reißwolfgewissen
auf Loyalität.
Dem tierlieben Deutschland
erfüll ich die Zeit:
Ein Haustier für jeden –
bald ist es soweit.

## *Im Netz*

Auf seinem Jungfernflug geriet ein frisch geschlüpfter Kohlweißling in die Fänge einer Kreuzspinne und wurde mit rasender Geschwindigkeit neu verpuppt. Jetzt hing er betäubt an der Peripherie ihres Radnetzes und verstand die Welt nicht mehr.

Eine Arbeitsbiene, die die Katastrophe aus nächster Nähe beobachtet hatte, entschlüsselte sie dagegen mit wenigen Worten: Er hatte als Raupe einen krisensicheren Arbeitsplatz und weit mehr als sein Auskommen. Warum musste er plötzlich umschulen? Jetzt kriegt er die Quittung: Schuster bleib bei deinem Leisten!

Umgekehrt wird ein Schuh daraus, widersprach eine Heuschrecke. Er musste sich verändern. Alle Kohlfelder der Umgebung waren nahezu kahlgefressen. Hätte er nichts unternommen, wäre er verhungert. Hoffen und Harren macht manchen zum Narren!

Ich fürchte, da liegen Sie beide hoffnungslos falsch, entgegnete eine Gottesanbeterin. Hier geht es doch nicht um Berufsorientierung, sondern um sittliches Fehlverhalten. Wir sind zwar allzumal Sünder, aber wer sich so an der Schöpfung vergeht und ganze Landschaften ausräumt, hat es nicht besser verdient. Gottes Mühlen mahlen langsam, mahlen aber trefflich klein!

Mein Gott, entrüstete sich ein Wandelndes Blatt, bleiben Sie auf dem Boden der Tatsachen! Ein flüchtiger Triebtäter hatte sich eine neue Identität verschafft und ging bei der Rasterfahndung ins Netz. Kapitalverbrechen zahlen sich eben nicht aus: Es ist nichts so fein gesponnen, es kommt doch ans Licht der Sonnen!

Das trifft auf Ihre Schwarzmalerei aber auch zu, erwiderte eine Nonne. Was immer er getan haben mag, er hatte dafür gebüßt. Tag für Tag, im engen Kerker der Puppenhülle. Dann stieg er auf, geläutert, beflügelt und weiß wie die Unschuld. Warum er dann wieder fiel, kann niemand wissen. Richtet nicht, auf dass ihr nicht gerichtet werdet!

Sehr richtig, bemerkte eine Rote Mordwanze. Solange die Welt sich dreht, gibt es nur ein Gesetz: fressen oder gefressen werden – der eine früher, der andere später. Den Letzten beißen die Höllenhunde!

Sie haben gut reden, protestierte ein Gemeiner Totengräber, den Ärger mit der Leiche habe ich! Und in diesem Fall wohl auch die Begräbniskosten. Was er sonst war, geht mich nichts an. Möge er in Frieden ruhen!

In diesem Moment setzte sich die Spinne zielstrebig in Marsch und blickte ihrem Gefangenen scharf ins Gesicht: Nun, welche Grabrede hat dir denn am besten gefallen?

Doch der Kohlweißling sah nur mit großen, schimmernden Augen durch sie hindurch.

Keine?, vergewisserte sich die Spinne. Mir auch nicht. Mit diesen Worten nahm sie ihr Opfer vielbeinig zur Brust und setzte es mit wenigen, routinierten Schnitten in Freiheit.

## Stoßgebet einer Kirchenmaus

Vater, ich geb wirklich gern,
Eigenliebe liegt mir fern,
diene meinen Mitgeschöpfen,
lass mich Dir zu Ehren schröpfen,
doch nun braucht Dein treuer Knecht
selber Hilfe. Sei gerecht!
Alle Welt will nur das eine:
Zwergkaninchen Riesenscheine,
Ziegen wolln ein Goldnes Vlies,
jeder Backfisch träumt von Kies.
Selbst der Löwe hortet Eier.
Tag für Tag dieselbe Leier,
jede Stunde füllt das Fass,
wird aus Nächstenliebe Hass.
Mach aus meinen Flöhen Kröten
(mein Kredit ist fast schon flöten),
dann hätt ich tagein, tagaus
(nicht nur sonntags) volles Haus,
könnte alle Armen speisen
(und vielleicht einmal verreisen),
brauchte weder Opferstock,
Kirchensteuer, Jesus Rock.
Jedes Schäfchen käm von selber,
selbst die fetten Goldnen Kälber.
Bitte, Herr, doch nicht gekargt,
auch der Glaube folgt dem Markt:
Gib den Mammonsdienern Zunder
und vollbring ein Wirtschaftswunder!

# lamentation einer salonlöwin

diesmal was aus platin, liebling
bronzehaut gibt weiter nach
keine aussicht auf erholung
nach dem sonnenbankenkrach

diesmal was aus platin, liebling
silberblicke sehr labil
trotz verstärkter stützungskäufe
kursverluste beim profil

diesmal was aus platin, liebling
goldzahn nur noch schwach notiert
innre werte – nicht gemeldet
liebling, wir sind ruiniert

## *Es geht um die Wurst...*

*Leitantrag auf dem Weltsauentag in Böklund
von Piggy Proporz
(Sau im Spiegel v. 1.4.2020)*

Meine lieben Schwestern und SchwesterInnen! Alle Schweine sind gleich – sie enden in der Wurst. Selbst der mächtigste Eber muss dieser Lebensregel folgen und eines Tages den Weg allen Fleisches gehen. Doch einige Schweine, und Sie wissen so gut wie ich, um wen es sich handelt, sind immer noch gleicher als gleich. Denn die Wurst, um die es uns hier und heute geht, ist kein geschlechtsneutraler Sarg, nicht einmal dann, wenn der Saitling aus dem Naturdarm einer verstorbenen Sau besteht. Sie ist vielmehr, und da besteht ja erfreulicherweise Konsens, ein abgebrühtes Penissymbol, das den unsterblichen Rechtsanspruch der toten Sau auf ein weibliches Begräbnis auf brutale Weise karikiert.

Nun werden billig denkende Säue einwenden, dass die Wurst, wie belastet sie sei, trotz allem zwei Enden aufweise und damit die Polarität der Geschlechter wenigstens andeute. Ich gebe Ihnen vollkommen Recht: Die Wurst hat tatsächlich zwei Enden, aber beide enden in einem Zipfel! Und das, meine lieben Schwestern und SchwesterInnen, ist der Gipfel!

Das männliche Glied, und das dürfen wir nicht vergessen, war, ist und bleibt ein multipler Wiedergänger, der sich als winziger, schlaff herabhängender Schniepel selbst in den Kommata des heutigen Protokolls verbirgt. Ich will hier nicht die Mängel des herrschenden Sprachgebrauchs thematisieren, aber das muss gesagt werden dürfen: Die Endlösung der Dudenfrage steht noch bevor!

Wie man die Wurst daher auch wenden mag, von welchem

Ende man sie betrachtet, sie kann nicht aus ihrer Haut und wird noch beim Jüngsten Gericht das sein, was sie bisher gewesen ist: der Pfahl im Fleisch der Emanzipation.

Ich stelle daher den Antrag, und ich stelle ihn nicht alleine und schon gar nicht für mich, sondern für die zahllosen Säue und SäuInnen draußen im Lande, die heute, aus welchen Gründen auch immer, nicht unter uns weilen, dass die Bestattung einer verstorbenen Mitschwester in Zukunft in Form einer Zitze oder wahlweise eines ganzen Gesäuges stattfindet, um ihrer weiblichen Natur auch über den Tod hinaus sinnfällig Ausdruck zu verleihen.

Formfragen sind Prinzipienfragen, meine lieben Schwestern und SchwesterInnen, hier ist jede Wurstigkeit von Übel. Die Form folgt der Funktion und die Funktion dem herrschenden Zeitgeist. Für einen Eber ist die Wurst ein sanftes Deckbett, das den Körper umhüllt und die Seele wärmt, für eine Sau dagegen eine männliche Zwangsjacke, die an die Korsetts des 19. Jahrhunderts gemahnt.

Diesem Ungeist treten wir furchtlos entgegen und rufen den Phallokraten aller Länder zu: Ob Bier-, Blut- oder Bockwurst, Erbs-, Grütz-, Rot- oder Weiß-, oder wer weiß, welche Wurst auch immer – wir lassen uns nicht mehr verwursten!

Meine lieben Schwestern und SchwesterInnen, lassen wir uns auch nicht auf die lange Regierungsbank schieben oder zum Durchwursteln verführen und schon gar nicht mit Konsensmilch abspeisen. Wer uns Klientelpolitik oder Lobbyismus vorwirft, zeigt nur, dass er von Snuten und Poten keine Ahnung hat: Wir wollen keine Extrawurst, wir wollen Zitzen und Gesäuge! Möge die Sauenpower mit uns sein!

# Butschi

## 1. Akt

Witwe Bolte, Wut und Trauer,
stand vor ihrem Vogelbauer,
der, durch einen Schicksalsschlag
aus dem vorerst Ungewissen
von der Fensterbank gerissen,
vor ihr auf dem Boden lag.

Aus dem wirren Spinngewebe
krummer Aluminiumstäbe
ragte wie ein wüster Traum,
durch den Unfall halb zerschmettert,
Stumpf und Stiel brutal entblättert,
schamlos nackt ihr Gummibaum.

Sand und Kerne auf den Stühlen,
Dreck in Riesenmolekülen,
dass ihr schier das Herz verzagt.
Schutt wie einst die Trümmerhaufen...
Ach, es war zum Haare raufen,
Meister Proper sei's geklagt.

Selbst die Sittichduschkabine
eine Stunde Null-Ruine,
vom Benutzer keine Spur.
Nur zwei Plexiglasgenossen
zeigten stoisch auf den Sprossen
hohe Schule der Dressur.

Butschi! Butschi! rief Frau Bolte,
und die erste Träne zollte
dem Zerstörungswerk Tribut.
Komm, spiel nicht den Menschenhasser,
Frauchen bringt dir frisches Wasser,
dann wird alles wieder gut.

Totenstille. Nur noch Lauschen.
Nicht das kleinste Flügelrauschen.
Überhaupt nicht zu verstehn.
Ordnung war doch ihr Bestreben,
nahezu ihr ganzes Leben,
wisch und weg im Handumdrehn.

Gab es jemand, der Frau Bolte
im Geheimen übel wollte,
ohne dass sie's je gefühlt?
Waren's etwa freche Bengels,
Max und Moritz, Marx und Engels,
die ihr Mütchen hier gekühlt?

Nein, die waren zwar verdorben,
aber, Gott sei Dank, gestorben,
also diesmal fein heraus.
Außerdem käm so ein Bube
nie in ihre gute Stube,
nicht einmal ins Treppenhaus.

Miau! erschien auf leisen Sohlen,
Krallen kultiviert verhohlen,
schnurrend aus dem Korridor
Witwe Boltes schwarzer Kater,
passgerecht zum dies ater
ganz diskret im Trauerflor.

Murrle! strahlte Witwe Bolte,
und die zweite Träne rollte:
Ihrem Murr war nichts geschehn!
Hat dein Frauchen dich vergessen?
Und mein Murrle nichts zu Fressen?
Na, dann wolln wir gleich mal sehn.

Zärtlich wollte sie sich bücken,
um das Tier ans Herz zu drücken,
weh, da hing im Fellbesatz
hinterm Ohre grünlich Fittich-
flaum von einem Wellensittich.
Murr! Das war ihr letzter Satz.

*2. Akt*

Sanft tönt Abend die Gardine.
Tageslicht macht gute Miene,
atmet letzte Lebenslust.
Seufzend sinkt das alte Heute
mit vertrautem Grabgeläute
jungem Morgen an die Brust.

Trübe bleicht die blaue Stunde,
macht die Turmuhr ihre Runde,
malt der Zeiger Grau in Grau.
Nur in abertausend Zimmern
hält sich himmelblaues Flimmern:
Witwe Bolte sieht TV.

Heute gibt's: Ein Platz für Tiere.
Bambi braucht ne neue Niere –
letzte Chance für deutsches Reh!
Tierliebschaft und Analyse
drücken auf die Tränendrüse
und von dort aufs Portemonnaie.

Nebenan herrscht tiefer Friede.
Butschilein hockt bona fide,
halb verborgen vom Rollo,
ohne irgendwas zu wittern,
satt und selig hinter Gittern
und genießt den Status quo.

Unten auf der weichen Chaise
lauert schwarz die Antithese
und späht lüstern himmelwärts.
Chronisch nagt in ihr das Böse,
schlängelt sich durch das Gekröse,
spielt, sich windend, mit dem Sterz.

Schon seit Jahren plagt den Kater
ein latenter Kitekater,
Dosenfutterallergie,
eine Zwangsdiät bedingte
Gradation der Jagdinstinkte:
Morbus Nimrod Halali.

Schemenhaft verdeckt der Jäger
jetzt den Beistelltischvorleger
und verharrt im Büchsenlicht.
Nur des Mondes fahle Sonne
auf Frau Boltes Abfalltonne
strahlt noch eitel Zuversicht.

Da, nun wird auch sie verdunkelt,
und an ihrer Stelle funkelt
jäh ein gelber Doppelstern.
Einen Katzensprung vom Bauer
registriert ein Wonneschauer:
harte Schale, weicher Kern.

Sausend rasseln plötzlich Ketten,
schlägt ein Pendel Pirouetten,
kläglich schreit die Kuckucksuhr,
kehrt der Zeitgauch klagend wieder,
sträubt synchron das Holzgefieder,
ruft die Stimme der Kultur.

Neun Mal fliegt der blinde Zeuge,
jammernd, dass er nichts eräuge,
an den Ort der Tat zurück.
Dann schlägt auf des Zeigers Runde
auch des Kuckucks letzte Stunde,
arretiert das Federstück.

Schon füllt Mondlicht mit Routine
spätromantisch die Ruine,
tönt ein letztes Halali.
Kater Murr verbläst die Strecke.
Waidmannsdank! Zur Zimmerdecke
schwingt sich Schicksalssinfonie.

## 3. Akt

Oh, du Haupt voll Blut und Wunden,
schrie Frau Bolte überwunden,
als sie, völlig abgespannt
vom vergeblichen Sichbücken,
Sofa-, Tisch- und Stühlerücken,
ihren toten Liebling fand.

Halb bedeckt vom Feinstaubwedel
ruhte sein skalpierter Schädel
(Welch bestialischer Gestank!)
in fast zeremonieller
Haltung auf dem Katzenteller
unter ihrem Küchenschrank.

Hilflos kreischend vor Entsetzen
(Wer kann dich mir je ersetzen!?)
wogte Witwe Boltes Brust,
scholl mit Todesengelszunge
tief aus ihrer Raucherlunge
der bestürzende Verlust.

Lustmord in der Stadt-Tangente!
Sittich ohne Sakramente!
Täter floh mit einem Satz!
Größter Terrorschlag bis dato!
Wozu haben wir die NATO!?
Vogelfreiheit für die Katz!

Jeden Tierfreund hierzulande,
Dichter, Denker, Gaunerbande,
rührten diese Zeilen an,

schlugen fromme Schwanensänge
auf der Sittichwellenlänge
die Kulturnation in Bann.

Ungezählte Telegramme,
abgesetzte Quizprogramme,
Requiem statt Dick und Doof –,
nirgends ist den Nibelungen
Trauerarbeit so gelungen
wie auf ihrem Tierfriedhof.

Staatsbegräbnis, Blitzgewitter,
Bürgermeister, Leichenbitter,
tränenfeuchte Treibhausluft:
Butschi, Butschi, scholl ihr Flehen,
mögest du einst auferstehen...
Knirschend schloss der Stein die Gruft.

Vor ihr auf der Grünrabatte
glänzte eine Kupferplatte:
Hier ruht still in Gott dem Herrn
Butschi Bolte – unvergessen.
Jeder hatte ihn zum Fressen
gern.

Nach dem Leichenschmause fuhren
schwarz gekleidete Auguren
Witwe Bolte im Nonstop
unterm Kühlergrillsternzeichen
durch die letzten sauren Eichen
in die Stadt zum Sänger-Shop.

Der da und kein andrer, bitte,
ja genau, der in der Mitte

da so fröhlich jubiliert!
Herrisch knackte das Gewebe
von Frau Boltes Büstenhebe:
Ware Liebe triumphiert.

Wie einst Phönix aus der Asche
stieg er aus der Einkaufstasche.

„Butschi" kann er schon verstehn,
lächelte Frau Bolte heiter
und so geht das Leben weiter,
fast als wäre nichts geschehn.

# Das Manifest „Du bist das Silo" im Wortlaut
## (Kuhhandelsblatt v. 1.4.2010)

Der Wind eines Kükens kann eine Bö auslösen. Der Ausstoß, den dein Darm erzeugt, ein halbes Getreidefeld düngen. Unrealistisch, sagst du? Warum verdaust du dann, wenn du gefressen hast? Warum gackerst du, wenn deine Nachbarin sich entleert? Du kennst die Antwort: Kleinvieh macht auch Mist. Wenn ihr gemeinsam handelt, könnt ihr sogar Biogas erzeugen. Du bist ein Teil dieser Masse, und die Biomasse ist ein Teil von dir.
Du bist das Silo.
Dein Wille ist wie die Höhensonne über deinem Kamm. Er lässt dich schneller picken und deine Nachbarin schneller legen. Egal, wo dein Silo steht. Egal, welchen Käfig du hast. Die Legebatterie erzeugt den Strom der Geschichte. Du bist der Strom, du machst Geschichte.
Du bist das Silo.
Unsere Zeit schmeckt nicht nach Regenwürmern und Engerlingen. Das will auch niemand behaupten. Mag sein, dein Käfig ist klein, fast so klein wie du selbst. Doch alle zusammen sind groß. Was auch geschieht: Dein Käfig hält zu dir. Halte du zu deinem Käfig. Du bist die Zelle, dein Käfig ist die Zeile, dein Trakt das Silo.
Du bist das Silo.
Also: Wie wäre es, wenn du dich wieder beflügelst? Gib nicht nur ein Mal am Tag Abgas. Leg nicht nur Sonntags zwei Eier. Das Leben kennt keine Leistungsgrenze. Übertriff dich selbst. Und wenn du damit fertig bist: Frage nicht, was dein Silo für dich, sondern was du für dein Silo tun kannst.
Du bist das Silo.
Behandle dein Silo doch einfach wie einen guten Freund.

Meckere nicht, sondern gacker. Und wenn du beim Jüngsten Gericht im Suppentopf landest und alle Freilandhühner vom Markt verdrängt hast, dann weißt du, warum du gelebt hast. Alles andere kannst du uns überlassen. Wir stellen die Eieruhr. Wir verkaufen die Eier. Wir sind die Eggheads.
  Du bist das Silo.

## Der kleine Unterschied

Es grünt die Eiche vor der Esche,
Frau Tausendfuß hat große Wäsche,
zumal ihr Gatte zum Prolog
schon gestern Abend Leine zog.

Jetzt regnen ihre Seifenflocken
auf einen Wellenberg von Socken.
Exakt, nach großem Einmaleins,
zwei Mal Eintausend minus Eins.

Ihr ehelicher Antipode
ist nämlich gar kein Myriapode
und trägt – ihn traf ein Kieselstein –
ganz hinten links ein Streichholzbein.

Zwar ist der Hemmschuh selbst im Stehen
im Beingewirr fast nicht zu sehen,
doch wer ihn kennt, kennt auch das Lied
vom klitzekleinen Unterschied.

Ihr Gatte kann es herrlich singen,
bis seiner Frau die Ohren klingen:
Ein Schuh, ein Strumpf, ein Hosenbein –
das alles spart der Hausherr ein.

Die Konsequenz ist nicht zum Lachen:
Wer mehr verbraucht, muss auch mehr machen!
Der Waschtag, induziert man schlau,
gehört aus diesem Grund der Frau.

# Adler verpflichtet

Als der Steinadler erblindete und Gefahr lief, abgesetzt zu werden und den Strohtod im Horst zu sterben, machte er eine Thalasso-Therapie in Bad Ischl und kehrte als Seeadler zurück.

Obwohl die Anwendungen seine Sehkraft allenfalls unmerklich verbessert hatten, war er ab jetzt in der glücklichen Lage, Fische zu fangen oder doch wenigstens zu fressen.

Ausgesprochen souverän wirkte Seine Majestät immer dann, wenn ihm das Küchenkabinett ein gefülltes Goldfischglas servierte. Eule, Wendehals und der neu berufene Fischreiher überschlugen sich dann vor Begeisterung und riefen im Chor: venit, vidit, vicit!

Diese exklusive Speisenfolge besetzte die königliche Tafel, bis Seiner Majestät die Goldfische buchstäblich zum Halse heraushingen.

Da das Weihnachtsfest bevorstand, verständigte sich das Küchenkabinett auf Spiegelkarpfen, erwarb ein Aquarium und, auf Rat des Reihers, aus einem Restposten eine gelbe Taucherbrille mit Schnorchel, weil die Größe des Beckens längere Tauchgänge erforderlich mache.

Die Umstellung erwies sich als ausgesprochener Glücksgriff: Seine Majestät sah zwar immer noch schlecht, sah aber entschieden besser aus und inspirierte zum ersten Mal die Phantasie seiner Untertanen.

Die Nachricht von der submarinen Epiphanie sorgte jedenfalls weit und breit für Furore und rief namentlich bei Haus-, Feld- und Waldhühnern respektvolles Kopfnicken hervor. Die Generalstände der Hühnervögel erklärten denn auch in einer einmütig verabschiedeten Grußadresse, dass Seine Majestät als Hecht im Karpfenteich neue Maßstäbe imperialer Präsenz gesetzt habe.

Als die Eule die Adresse ehrfurchtsvoll zu Gehör brachte, ließ sich Seine Majestät der Taucherbrille entledigen, lächelte huldvoll und geruhte Allergnädigst zu bemerken: veni, vidi, vici!

Obwohl der Erfolg des königlichen Tauchers mögliche Zweifel an seinem Durchblick im Keim erstickt zu haben schien, und sich das Küchenkabinett einhellig für eine Politik der Konsolidierung aussprach, war Seine Majestät fest entschlossen, den eingeschlagenen Wasserweg weiter zu verfolgen.

Allein die Lebenserfahrung, so Seine Majestät mit leicht getrübten Adleraugen, gebiete es, den eingeschlagenen Kurs fortzusetzen. Ein Erfolg müsse genutzt, wiederholt, im Idealfall sogar überboten werden, um ihm Dauer und Durchschlagskraft zu verleihen. Wer den Erfolg wirklich wolle, dürfe sich daher nicht mit einem Erfolgserlebnis begnügen, wolle er nicht als Eintagsfliege im Blätterwald enden. Im Trüben fischen könne ein jeder, ein wahrer Seeadler fische im Ozean – und nirgendwo sonst!

Das Küchenkabinett war zunächst wie vor den Kopf geschlagen, zog sich zur Beratung zurück und erstellte ein Meinungsbild: Seine Majestät hat Fischblut geleckt, analysierte der Reiher kühl. Das ist die Wende..., nickte der Wendehals, ... zum Caesarenwahn!, stöhnte die Eule und verdrehte den Kopf.

Ungeachtet dieser abweichenden Einschätzungen sah die Mehrheit keine andere Handlungsoption, als sich in Treue fest um ihren Allergnädigsten König und Herrn zu scharen. Selbst die Eule wahrte Kabinettsdisziplin, um gegebenenfalls das Schlimmste zu verhüten.

Als Seine Majestät drei Tage später im Windschatten des Reihers Richtung Adria abhob, rief er der staunend zurückbleibenden Menge zu: venio, videbo...; den Rest verschluckte der einsetzende Chor einer Abordnung der Kormorane, der zur Feier des Tages „Yellow Submarine" intonierte.

Die Taucherbrille wurde nie gefunden. Auch der Reiher stellte sich nicht wieder ein. Die Krone fiel, nachdem der Vermisste für tot erklärt worden war, an den unmündigen Thronfolger, die Regentschaft ans Küchenkabinett, das den Strauß kooptierte und unter der Devise „Augen zu und durch" eine neue Ära bodenständiger Politik einleitete.

Seine Majestät wurde trotzdem nicht vergessen und blieb auf rühmliche Weise allgegenwärtig. Als Repräsentant einer nie dagewesenen Machtentfaltung bewegte er weiter die Phantasie seiner Untertanen, die bald fest davon überzeugt waren, dass ihr König zwar von einem großen Walfisch verschlungen worden sei, eines schönen Tages aber wieder ausgespieen werde, um des Reiches Macht und Herrlichkeit zu erneuern.

# Das Glücksrad

Gleich nach seinem Haftantritt
sprang er mit gekonntem Schritt
willig in die eindrucksvolle,
frisch geölte Hamsterrolle.

Angetreten, Tritt gefunden,
träge Masse überwunden,
und dann im Vierviertaltakt
rhythmisch greifend zugepackt.

Optimaler Wirkungsgrad
kontrolliert er jetzt das Rad
und rotiert in seiner Zelle
unverdrossen auf der Stelle.

Vorwärts immer, rückwärts nimmer,
schweißverklebter Hoffnungsschimmer
blinzelt durch die Käfigfront:
Nächste Ausfahrt Horizont?

Platz da, Mazda! Jetzt komm ich!
Die Umgebung wird zum Strich,
Standort, Weg und Ziel vergessen,
nur noch Kilometer fressen.

Doch die Endlosstufenleiter
führt den Hamster weiter, weiter,
kreist und rollt, verkehrt die Welt,
Deckenlampe Sternenzelt,
und erzeugt aus der Passion
Schritt für Schritt ein Glückshormon:

Freigesetzte Endorphine
zaubern Glanz auf seine Miene,
lassen Schweiß durchs Schmieröl kreisen,
integrieren Fleisch und Eisen,
machen aus dem toten Draht
einen Wellness-Apparat,
in dem er sich, tretgemühlt,
rundum wie ein Glücksschwein fühlt.

## Die gelbe Gefahr

Ausländer raus! brüllten die Spatzen aus voller Kehle, als ein zerzauster Wellensittich in ihrer Hecke notlandete. Hilfe! Ich heiße Butschi und bin hier geboren, keuchte der Sittich und wies mit verdrehtem Flügel auf die Zoohandlung gegenüber. Ein Knacki aus der Käfig-Kette! – Der hat uns gerade noch gefehlt. – Jetzt wissen wir, wer das Vogelhaus geplündert hat! – An den Meisenringen hat er sich auch vergriffen und morgen... Morgen beschmutzt er die Hecke mit Dreck und nimmt uns allen die Nistplätze weg. Das war ich nicht. Ich bin erst seit fünf Minuten in Freiheit! Das waren fünf Minuten zu viel!, kreischten die Spatzen und hetzten den Eindringling zu Tode.

Als sein zerfledderter Leichnam am Boden lag, stürzten die Spatzen sich auf ihn und steckten sich triumphierend eine der grüngelben Federn als Skalplocke ins Gefieder.

Seit diesem Tag machten die Spatzen als Taskforce Furore und etablierten sich landauf, landab als Retter des Vaterlandes. Wann und wo immer sich flüchtige Sittiche einstellten, waren die „Hecken-Schützer" zur Stelle, um die „Kanackis" Mores zu lehren.

Ihre erfolgreiche Trophäenjagd entfesselte allerdings einen Nebeneffekt, der sich im Laufe der Zeit unaufhaltsam in den Vordergrund schob: Die „Hecken-Schützer" wurden von Einsatz zu Einsatz grüngelber, verloren auf Grund der fremden Federn die Flugstabilität und degenerierten am Ende zu lautstark aufgeplusterten Laufvögeln, die keiner Fliege etwas zu Leide taten.

Die Spatzen der umliegenden Gehölze und Buschgruppen beobachteten diese Entwicklung mit wachsendem Befremden und schließlich mit unverhohlenem Abscheu. Gestern als Nothelfer bejubelt, wurden die „Hecken-Schützer" nun als Unglücksvögel beschimpft, die die gelbe Gefahr in deformierter Gestalt reproduzierten und langsam aber sicher in den Schatten stellten.

Selbst als die zwischenzeitlich als „Spittiche" abqualifizierten Retter eine Rosskur machten und alle fremden Federn rigoros abwarfen, sahen auch wohlmeinende Spatzen in ihrer äußeren Mauser nichts weniger als eine innere Wandlung. Im Gegenteil: Ein echter Ausländer erschien ihnen mittlerweile weit harmloser als ein falscher Inländer, der überall Assoziationen an den sprichwörtlichen Wolf im Schafspelz weckte.

Mit dem Aufkommen dieses Feindbildes war das Schicksal der „Fünften Kolonne" besiegelt. Um nicht ausgebürgert und ohne viel Federlesens für vogelfrei erklärt zu werden, fassten die Retter den heroischen Entschluss, sich diesmal selbst zu retten und unverzüglich abzuschwirren.

Als die Auswanderer beim ersten Frost am Sammelplatz der Stare eintrafen, erlebten sie allerdings eine böse Überraschung. Was wollt ihr denn hier!? – Spatzen sind keine Zugvögel. – Das sind überhaupt keine Sperlinge! – Trittbrettflieger go home! – Das Mittelmeer ist ausgebucht, das haben wir uns ausgesucht!, lärmten die Stare erbost und brüllten zuletzt aus voller Kehle: Ausländer raus!

Plustert euch bloß nicht so auf! – Wer im Starenkasten sitzt, sollte nicht mit Kanonen auf Spatzen schließen! – Der Schuss geht nach hinten los. – Mit gespaltener Zunge hat jeder gut reden. – Ihr seid doch von Haus aus flatterhaft, ihr Heuchler mit doppelter Staatsbürgerschaft!

Das waren fünf Sätze zu viel!, kreischten die Stare und hetzten die Eindringlinge zu Tode.

Als ihre zerfledderten Leichname am Boden lagen, stürzten die Stare sich auf sie und steckten sich triumphierend eine der graubraunen Federn als Skalplocke ins Gefieder.

Seit diesem Tag machten die „Star-Fighter" als Taskforce Furore und etablierten sich landauf, landab als Retter des Vaterlandes und wenn sie nicht graubraun geworden sind, retten sie es auch heute noch.

## Der neue Leviathan

Im Tierkreis wurde neu gewählt,
man hat die Stimmen ausgezählt
und dann ein Schrei im ganzen Land:
Gewonnen hat – der Elefant!

Ja, ist denn das die Möglichkeit?
Wer wählte diese Obrigkeit?
Ein Monstrum, das, selbst wenn es schweigt,
der ganzen Welt die Zähne zeigt?

Das Walross rief: Das tu ich auch!
Ich schätze diesen Sprachgebrauch.
So wird in Schnee und Eis regiert;
da hab ich gleich für ihn votiert.

Der Eisbär brummte selbstgerecht:
Ergebnis gut, Begründung schlecht!
Wer herrscht, braucht konstitutionell
zuallererst ein dickes Fell.

Die Schlange zischte atonal:
Der Schwanz, der Rüssel – kongenial!
Die Mitte hab ich nicht durchschaut;
es sei denn, dass er grad verdaut.

Der Esel röhrte prononciert:
Die Nase scheint mir manieriert;
doch seine Ohren, groß und grau,
beweisen uns: Das Tier ist schlau!

Die Fliege lächelte gequält:
Ich hatte bisher Pferd gewählt;
doch als ich seine Äpfel sah,
da wusst ich nicht, wie mir geschah ...

Die Mücke summte wortgewandt:
Wir sind mit ihm ja eng verwandt,
weil jeder, wenn er aufgebracht,
aus Mücken Elefanten macht.

Das Huhn kam gackernd angehüpft:
Ich wählte ihn, denn uns verknüpft
ein altbewährter Tatbestand:
Wir baden beide gern im Sand.

Der Singschwan schmetterte publik:
Uns zwei verbindet die Musik;
er war von Anfang an mein Mann,
weil er so schön trompeten kann.

Der Walfisch prustete vergnügt:
Der Kerl kann tauchen, das genügt.
Auch wenn er dabei schnorcheln muss –
der Anblick war ein Hochgenuss!

Der Steinbock polterte verstimmt:
Ich weiß nicht einmal, ob er schwimmt;
doch das ist wirklich rühmenswert:
Er hat die Alpen überquert.

Der Falke schrie, mobilgemacht:
Er ist ein Turm in jeder Schlacht,
und da er auch noch Köpfchen hat,
setzt er fast jeden König matt.

Die Taube replizierte schlicht:
Er hat natürliches Gewicht
und legt Konflikte spannungsfrei
in Elefantenrunden bei.

So ging es fort, von Aal bis Zeck
vergab man einen Blankoscheck,
da selbst der Spatzenhirnverstand
sich in dem Monstrum wiederfand.

Allein der Löwe sprach voll Hohn
von selektiver Projektion,
die selbstverliebt und teilfixiert
das Ganze aus dem Blick verliert.

## *Die Briefbombe*

Als eine Briefbombe das Gelege des Falken sprengte und das Rührei sogar den Frack des Pinguins befleckte, hielt die ganze Vogelschar einen Augenblick lang den Atem an. Dann war die Hölle los! Ultrakurz- und Langwellensittiche trugen die Schreckensmeldung von Nest zu Nest, elektrisierten die Starenkästen und setzten selbst Faraday'sche Käfiginsassen schlagartig unter Strom.

Am nächsten Morgen war die Untat in aller Schnäbel und hatte die notorisch zerstrittene Vogelschar dank einer von Habicht, Amsel, Wendehals und Kakadu eingebrachten Solidaritätsadresse in nie dagewesener Weise vereint. Wir sind alle Falken!, tönte es und selbst der Weißkopfseeadler jenseits des Großen Teiches krächzte vernehmlich: Hawks, we stand by you!

Obwohl die Resolution HAWK IV von allen Vögeln unterzeichnet worden war, hinterließ das einmütige Bekenntnis einen bitteren Nachgeschmack. Da die Briefbombe keinen Absender aufwies, ein Bekennerschreiben fehlte und auch die Ermittlungen der Polente keinen Hinweis erbrachten, musste mindestens einer der Unterzeichner gelogen haben. Denn dass der Falke seine Brut selbst in die Luft gejagt haben könnte, mochte sogar der Spötter nicht glauben.

Die durch den Schock hervorgerufene, von Abscheu und Entsetzen geprägte Solidarität geriet unter diesen Umständen denn auch schnell wieder ins Wanken und wich einer allgemeinen, aus Angriffslust und Verfolgungswahn gespeisten Verunsicherung, deren maßlose Sicherheitsbedürfnisse noch die dümmste Gans als potenzielles Sicherheitsrisiko einstuften. Denn eines stand für die Vogelschar so felsenfest wie der Ochs vorm Berg: Was dem Falken gestern passiert war, konnte heute dem Raben und morgen der Taube geschehen!

Ob das Attentat persönlich oder exemplarisch gemeint gewesen war, den Falken als Falken oder als Vogel hatte treffen sollen, stand folglich nicht zur Debatte und wurde selbst von gefürchteten Intelligenzbestien wie Eule, Schmierfink und Zeitungsente nicht hinterfragt. Das Image des Falken, der weltweit höchstes Ansehen genoss und selbst von fundamentalistischen Araberhengsten als Beizvogel geschätzt wurde, ließ alle Bilderstürmer verzagen, der Blitz der Detonation alle Geistesblitze verblassen.

Angesichts dieses Erkenntnisstandes entwickelte die Vogelschar eine Abwehrstrategie, die alle Vögel vorsorglich unter Generalverdacht stellte und jede Flugbewegung dem Adlerauge des Gesetzes unterwarf. Alle Nester wurden verwanzt, alle Vogelhäuschen von geflügelten Amtsschimmeln bewacht und jeder Nachtflug von einer Eskorte Weißer Fledermäuse begleitet. Zugleich wurden bekannte Galgenvögel konsequent aus dem Luftverkehr gezogen und nach Guanomo deportiert, einer südamerikanischen Gefängnisinsel ohne Sanitäreinrichtungen, aus deren feinmaschigen Edelstahlkäfigen nicht einmal ein Papillon hätte entschlüpfen können.

Auf diesem „Rock of Rogues", wie er schon bald genannt wurde, trafen sich alle Vögel wieder, die sich in der Vergangenheit irgendetwas hatten zu Schulden kommen lassen: der Kuckuck als Erfinder des Überraschungseis, das seit dem Attentat einer Eierhandgranate zum Verwechseln ähnlich sah; der Zaunkönig, der so gern den Rebellen spielte und sich seinerzeit sogar mit dem Adler angelegt hatte; der notorische Drückeberger Strauß, der die Solidaritätsadresse zwar unterzeichnet, beim Schreiben aber den Kopf in den Sand gesteckt hatte; der Storch und andere Zugvögel auf Grund ihrer doppelten Staatsbürgerschaft, die jede Loyalität unweigerlich halbierte; der Wendehals, dessen nächste Wende (oder Halse) erfahrungsgemäß absehbar war; der Spötter mit seinem chronischen, kaum zu beherrschenden Sprechblasenkatarrh; die Eule, weil sie immer erst dann aktiv wurde, wenn anständige Vögel längst schliefen, und last, but really not least die Taube, die dem Falken seit Urzeiten aus Prinzip widersprochen und dadurch die Wehrkraft der Vogelschar systematisch zersetzt hatte.

Obwohl die Präventivschläge von Beginn an im Soll, vielleicht sogar im Übersoll lagen und immer mehr Vögel in Sicherheitsverwahrung kamen, fühlte sich der verbleibende Rest kaum sicherer als nach dem erschütternden Anschlag. Solange niemand wusste, ob der Täter mittlerweile isoliert oder trotz aller Anstrengungen immer noch in Freiheit war, blieb die Stimmungslage der Vögel ebenso angespannt wie die Sicherheitslage. In gewisser Weise verschlechterte sie sich sogar, da die eingeschlagene Strategie naturgemäß erst dann eine Erfolgsgarantie bot, wenn alle Vögel in sicherem Gewahrsam saßen. Diese Schlussfolgerung entpuppte sich freilich als reines Gedankenspiel, da ihre Umsetzung den kollektiven Selbstmord bedeutet hätte, weil außer dem Falken niemand übrig geblieben wäre, um den gewaltigen Hochsicherheitstrakt instand zu halten und die Gefangenen zu versorgen.

Trotz dieser düsteren Aussichten wurde das Sicherheitskonzept aus Mangel an Alternativen nicht fallengelassen, zumal eine starke Fraktion unter Führung von Goldammer und Diamantfink die hohen Investitionskosten nicht einfach abschreiben wollte. Gleichwohl stellten sich mehr und mehr Vögel die bange Frage, ob ein Höchstmaß an Sicherheit wirklich erstrebenswert sei, wenn es nur ein Mindestmaß an Freiheit zuließ und den Wirkungskreis jedes einzelnen, ganz gleich ob Albatros oder Zilpzalp, tendenziell auf den Lebensraum eines Kanarienvogels reduzierte.

In dieser verzwickten Lage zwischen der Skylla der Detonation und der Charybdis der Deportation machte ein Ereignis Furore, das unter normalen Umständen als tragisches Unglück eingestuft und wie viele vergleichbare Fälle über kurz oder lang vergessen worden wäre: Ein Blitz war im Horst Seiner Majestät eingeschlagen und hatte Dauphin und Dauphine in Sekundenbruchteilen in Gummiadler verwandelt, die sich von herkömmlichen Goldbroilern nur durch ihr Duodezformat unterschieden.

Obwohl die ganze Vogelschar im ersten Augenblick wie vor den Kopf geschlagen war, hatte die Katastrophe auf mittlere Sicht eine befreiende, Furcht und Schrecken lösende Wirkung, da der Blitzschlag den Anschlag in einem veränderten Licht erscheinen ließ. In der Tat waren Blitze so alt wie die Welt und hatten die Vögel seit den Tagen des Archaeopterix immer aufs Neue heimgesucht. Zählte man Epidemien, Erdrutsche, Überschwemmungen, Vulkanausbrüche, Waldbrände und andere Naturkatastrophen hinzu, erschien das Attentat, selbst wenn es den Auftakt einer Serie darstellen sollte, urplötzlich als statistisch zu vernachlässigende Größe, deren wahres Ausmaß weniger in der von ihr ausgehenden Bedrohung als in der entfesselten Dynamik irrationaler Abwehrmaßnahmen bestand.

Diese Überreaktion war aber nicht nur kontraproduktiv; sie war auch heuchlerisch, weil sie das Recht auf Leben (und seinen Schutz) im Falle von Attentaten mit einem Aufwand zu wahren versuchte, den man bei Naturkatastrophen, vor allem aber bei vergleichbaren Kulturkonflikten nicht einmal in Ansätzen zu erkennen vermochte. Wenn der Bussard die Maus, der Falke die Taube oder der Habicht das Huhn jagte und schlug, krähte bekanntlich kein Hahn danach, und selbst wenn der Kuckuck in jedem Frühling gleich mehrere Nester in blutige Mördergruben verwandelte, kam nicht einmal die Kohlmeise auf den Gedanken, den Kampf ums Dasein in Frage zu stellen und für ein Wolkenkuckucksheim friedlicher Vegetarier zu werben.

Wenn man diese Tatsachen in Rechnung stellte und kühlen Kopfes abwog, sprach alles dafür, aus dieser mörderischen Mücke keinen Elefanten zu machen und die von ihr ausgehende Bedrohung genauso zu behandeln wie vergleichbare Gefahren. Auf jeden Fall begründeten weder die Tat noch ihre Opfer ein Anrecht auf eine privilegierte Gefahrenabwehr, die die Bewegungsfreiheit und Rechtsgleichheit aller anderen Vögel derart in Mitleidenschaft zog. Das Vorkommen von Blitzen hatte man schließlich auch nicht zum Anlass genommen, um alle Nester mit Faraday'schen Käfigen zu vergittern und die traditionelle Freiheit der Vögel bereits in der Wiege zu Grabe zu tragen.

Der Eisvogel fasste diese Überlegungen cool zusammen und plädierte folgerichtig für eine Bestrafung durch Missachtung, um dem Attentäter so schnell wie möglich den Wind aus den Flügeln zu nehmen. Wenn man im Wiederholungsfall so täte, als ob nichts geschehen wäre, das Medienecho unterbände und eine sachbezogene Nachrichtensperre verhängte, gehörten Anschläge mit hoher Wahrscheinlichkeit der Vergangenheit an. Allein das Fehlen der öffentlichen Resonanz werde den Attentäter zutiefst frustrieren und die ohnmächtige Wut, die jetzt die Vögel umtreibe, auf ihren Verursacher zurückfallen lassen. Selbst wenn der Unhold erneut zuschlagen sollte, würde sein Anschlag unweigerlich verpuffen, wenn die Vogelschar ihn mit demselben Stillschweigen quittierte, in dem sich der anonyme Angreifer verborgen hielt. Dieses Kartell des Schweigens könne der Gesuchte aber nur brechen, indem er sich öffentlich zu seiner Untat bekenne und damit selbst demaskiere. Wie immer sich der Verbrecher daher entschiede – , aus dieser Zwickmühle wahlweiser Wirkungslosigkeit könne er nicht entkommen.

Als die Vögel diesen kaltblütigen Vorschlag hörten und begriffen, dass sie in Zukunft nicht länger handeln, sondern nicht handeln sollten, um den gemeinsamen Feind erfolgreich abzuwehren, alle Verdächtigungen, Verfolgungen und Verhaftungen der Vergangenheit angehörten, fiel ihnen samt und sonders ein Stein, vielen sogar ein „Rock of Rogues" vom Herzen. Selbst der Falke stieß einen heiseren Seufzer der Erleichterung aus, da die staatlichen Schutzmaßnahmen seine Jagdgründe mittlerweile weitgehend entvölkert hatten und die sonntägliche Taubenpastete quicklebendig (und unerreichbar) in Guanomo saß. Lieber von Zeit zu Zeit Rührei als Tag für Tag Vogelfutter, dachte er ausgezehrt und strich umgehend ab, um vor dem Gefängnistor Posten zu beziehen.

## A Salmon called Salmonella

A salmon called Salmonella
cut always figura bella:
when the sun popped up red
she covered her head
with a jellyfish as an umbrella.

## *Die Sausokratie*

Am Anfang stand die Sauenquote, am Ende die Sausokratie. Eberhardt XIII. wurde gestürzt und als Staatsfeind angeklagt, konnte sich aber ins Ausland absetzen und verabschiedete sich mit den denkwürdigen Worten: Macht doch euren Speck alleine!
Mit dieser spektakulären Abdankung ging das alte Fürstentum Liechtenschwein unter, und selbst die traditionsreiche Hauptstadt Eberswalde erhielt ein neues, säuisches Bestimmungswort. An seine Stelle trat die Sausokratische Präsidialrepublik Sauretanien mit einer kinderlosen Präsidentin auf Lebenszeit, die ihren ersten Arbeitstag so begann, als ob er der letzte wäre.
Eine Notverordnung jagte die nächste und ließ am Abend weder einen Stein noch ein Schwein auf dem anderen. Sämtliche Eber wurden des Landes verwiesen, herkömmliche Schweinereien bei Todesstrafe verboten und männliche Ferkel bereits im Kreißsaal kastriert. In pinkfarbenen Stramplern erschienen sie tags darauf zur Taufe und erhielten schöne weibliche Vornamen wie Saubine, Sauleika oder Sausanne. Zugleich wurden öffentliche Penissymbole wie Türme, Masten und Fahnenstangen rücksichtslos abgerissen und flächendeckend durch schmale Brücken, enge Gassen und haarnadelförmige Torbögen ersetzt, durch die kein Chauvischwein, aber auch keine Sau mehr hindurchkam.
Diese radikale Verkehrsberuhigung führte zwar zu einer innenpolitischen Befriedung, wie sie das Land zuletzt vor dem Ausbruch der Rosenkriege erlebt hatte, rief aber nach Jahr und Tag einen dramatischen Einbruch in der bisher steil nach oben gerichteten Fruchtbarkeitskurve hervor, der zwar politisch korrekt aussah, im Hinblick auf die Zukunft Sauretaniens aber einer demographischen Katastrophe gleichkam.

Die neuen Machthaberinnen ließen sich durch diese Prognose allerdings weniger einschüchtern als bestärken und erklärten im Brustton der Über-Zeugung, dass die bisherige Art der Befruchtung ein reines Glücksspiel gewesen sei, bei dem nicht nur durchschnittlich 50% Miss- oder vielmehr Mistergeburten entstanden seien, sondern unter der verbleibenden Hälfte auch nur in Ausnahmefällen ein Glücksschwein hervorgebracht worden sei, das, wie die hochverehrte Sau Präsidentin, seine weibliche Integrität zeitlebens habe bewahren können. Aus diesem Grunde habe Ihre Exzellenz in enger Abstimmung mit dem Küchenkabinett die „Operation Glücksschwein" ins Leben gerufen, um mittels Sauenpower und kontrollierter Insemination die Ausnahme zur Regel zu machen.

Tatsächlich gelang es der Regierung mit einer gezielten Werbekampagne und der flächendeckenden Einrichtung amtlicher Mutterglückstationen das Fertilitätstal binnen kürzester Frist zu überwinden und eine stattliche Zahl rein weiblicher Ferkel zu generieren, die überall stürmisch begrüßt wurden, weil sie die Milch der wahren Denkart schon vor der Mutterbrust aufgenommen hatten.

Die gleichgeschlechtliche Presse überschlug sich denn auch in Superlativen und titelte enthusiastisch: „Operation geglückt! Generation G geht ihren Weg!"; „Saugeil – Eber für immer zur Sau gemacht!"; „Weltanschaulich supersaulich!" und, stoßweise wiederkehrend, wie ein asthmatisches Pfeifen im Blätterwald: „Sauretanien sautark!"

Es traf die Staatsführung daher wie ein Blitz aus heiterem Himmel, als bei den folgenden Geburtstagen Ferkel geboren wurden, die eigenartige, hell-dunkel gefärbte Kontraststreifen zeigten und neben den vier offiziell anerkannten Gliedmaßen eine fünfte Extremität aufwiesen, die trotz ihrer Unscheinbarkeit unmöglich unter die Unschuldsvermutung fallen konnte.

Obwohl die Abweichler sofort kastriert, in pinkfarbene Strampler gesteckt, weiblich getauft und zusätzlich mit vierblättrigem Kleebrei gefüttert wurden, stand für die Verantwortlichen außer Frage, dass keine dieser Sofortmaßnahmen geeignet war, den heimtückischen Angriff auf die Existenzgrundlage des Staates abzuwehren. Der Mutterrechtliche Abschirmdienst MAD äußerte denn auch die lapidare Vermutung, dass viele Sauretanierinnen ihr Mutterglück nicht stationär, sondern ambulant gesucht hätten.

Dieser Verdacht bestätigte sich in der Folgezeit mit einer Geschwindigkeit, die selbst abgebrühten Schnüffelschweinen den Atem verschlug. Wo immer der MAD Posten bezog, um illegale Grenzübertritte in die Schranken zu weisen, sahen sich die Schlappohren mit einer aufgebrachten Menge konfrontiert, die lautstark auf ihre Freizügigkeit pochte und dann im Schweinsgalopp die Staatsgrenze durchbrach, um nach geraumer Zeit matt und selig zurückzukehren und so zu tun, als ob nichts geschehen wäre.

Dieses rhythmische Hin und Her hätte das junge Staatswesen allerdings kaum erschüttert, wenn die Regierung den kleinen Grenzverkehr nicht als Mutterlandsverrat aufgebauscht, sondern als Muttermal einer erst unlängst überwundenen Vergangenheit eingestuft hätte. So rief sie ungewollt eine Protestwelle hervor, die ausgerechnet am Muttertag in einer Massendemonstration kulminierte, wie sie Ebers- alias Sauwalde zuletzt bei der Abdankung Eberhardts XIII. erlebt hatte.

Die Manifestation führte als Sternmarsch zum Amtssitz der Präsidentin und endete in einer feucht-fröhlichen Bottle-Party, die unter dem Motto „Zurück zur Natur!" zwei Grundsatzforderungen erhob: die Legalisierung des kleinen Grenzverkehrs und die Umstellung der „Operation Glücksschwein" auf freiwillige Teilnahme.

Diese Reformforderungen wurden von der Staatsführung

freilich nicht einmal in Erwägung gezogen, sondern sofort mit Pauken und Trompeten abgeschmettert. Als die Präsidentin kurz darauf ihre Leibwache aufziehen ließ, um die reaktionären Umtriebe im Keim zu ersticken, und ein rosa uniformiertes Etappenschwein mit fistelnder Stimme die Räumung der Bannmeile verlangte, kippte die Stimmung und erreichte einen Grad der Ernüchterung, der fast alle Flaschen in Wurfgeschosse verwandelte: Ein Hagel von Glassplittern verhüllte den Amtssitz, vertrieb die Leibwache und machte die Bottle-Party zum Scherbengericht.

Jetzt ging es nicht mehr um die Einhaltung der Bannmeile und einzelne Reformen, sondern um die Verbannung der Präsidentin und eine grundlegende Neuordnung des Staates. Statt „Mutterglück gedeiht nur dann, wenn man frei entscheiden kann!" skandierte die Menge nun „Mutterglück erreicht man nur auf dem Wege der Natur!", um wenig später mit dem Schlachtruf „No Insemination without Penetration!" zum Sturm auf den Amtssitz zu blasen.

Als der Zusammenstoß der feindlichen Parteien unmittelbar bevorstand, ertönte ein mehrstimmiges markerschütterndes Grunzen, das beide Gegner sofort paralysierte und kläglich quiekend ins Bockshorn jagte. Ehe sich die Kontrahenten wieder gefasst hatten, preschte eine schnelle Schweingreiftruppe männlicher Schwarzkittel zwischen die Fronten, entrollte das Banner Franz des Keilers – zwei silberne Hauer auf blutrotem Feld mit der Devise ius primae noctis – und verlasen eine Proklamation, die Sauretanien mit sofortiger Wirkung der Schutzherrschaft Seiner Majestät Franz LXIX. unterstellte.

Die Verlautbarung war ebenso kurz wie kaltschnäuzig und berief sich auf die anerkannten Grundsätze des zwischenstaatlichen Interventionsrechts: Wenn das Haus des Nachbarn in Flammen stehe, sei brüderliche Hilfe ein Gebot der Stunde, der sich kein verantwortungsbewusster Anrainer entziehen könne, da Nothilfe und Notwehr in diesem Fall zusammenfielen. Nach eingehenden Beratungen habe Seine Majestät daher den Entschluss gefasst, den Krisenherd unverzüglich einzudämmen, um einem Flächenbrand zuvorzukommen und Ruhe und Ordnung so schnell wie möglich wiederherzustellen.

Seitdem regierte in Keilers- alias Sau- alias Eberswalde ein Statthalter, der seinen ersten Arbeitstag so begann, als ob er der letzte wäre...

## Der alte Kuckuck

Der alte Kuckuck, der so treu
tagein, tagaus mit frommer Scheu
der Vogelwelt im Pendelflug
die aktuelle Stunde schlug,
ward eines Morgens suspendiert
und dann vom Adler pensioniert.

Jetzt hockt er stumm seit fünf vor acht
in seines Uhrgehäuses Nacht
und fragt sich voller Hagestolz,
warum man einen Kopf aus Holz,
der keinen Stundenschlag verfehlt,
abrupt zum alten Eisen zählt.

Wer gibt dem Tierkreis jetzt den Takt,
begleitet Staats- und Liebesakt,
signalisiert Geburt und Tod
und sorgt mit seinem simplen Code,
dass die komplexe Vogelwelt
trotz Zank und Streit zusammenhält?

Selbst hilflos und doch hilfsbereit
vergaß er so sein eignes Leid
und spürte nur noch das Gewicht
auf ewig unerfüllter Pflicht,
als ob der erste Kuckucksruf
am Ende gar die Welt erschuf.

So fügte er sich mit Bedacht
ins Einerlei des Fünf-vor-acht,
wo Null und Eins identisch sind,

die Sonne Mond, die Flaute Wind,
und alle Zeit der Welt vergeht,
obwohl kein Zeiger sich mehr dreht.

Kaum Schatten eines Schattens noch
mutierte er zum Schwarzen Loch,
das nichts und niemand mehr durchdrang,
selbst jeden Geistesblitz verschlang,
und fiel zuletzt, nicht mehr instand,
metallisch rasselnd von der Wand.

## *Der Problembär*

In Bayern herrschte ein zahnloser Löwe, der Land und Leute in vorbildlicher Weise regierte. Er war nicht nur ein überzeugter Friedensfürst und folglich bekennender Vegetarier, sondern auch ein unermüdlicher Streiter für die Gerechtigkeit, der selbst Krokodilstränen trocknete und seinen gesamten Löwenanteil in eine Stiftung für unschuldig Verfolgte eingebracht hatte.

Zweck der mit einer Million Kröten ausgestatteten Einrichtung war die Wiedergutmachung allen Unrechts, das seine Vorfahren im Laufe einer fast tausendjährigen Herrschaft verübt hatten. Unter der Devise „Besser spät als nie!" arbeitete ein dreiköpfiges, aus Amtsschimmel, Papiertiger und Reißwolf bestehendes Kuratorium an der Wiederansiedlung ehemaliger Untertanen, die der rigorosen Machtpolitik der Vergangenheit zum Opfer gefallen waren.

Dieses hochherzige Ansinnen begann allerdings mit einem niederschmetternden Fehlschlag, da das Kuratorium zunächst versuchte, den legendären Wolperdinger wieder einzubürgern. Obwohl das Projekt äußerst wohlwollend aufgenommen wurde, da der als Hirschbockbirkfuchsauergans bekannte Hybride ausgesprochen populär war, gelang es dem Kuratorium nicht einmal, ein konserviertes Präparat ausfindig zu machen.

Als auch ein hoch dotierter Steckbrief nur einen räudigen Wolf im Schafspelz und zwei mit fremden Federn geschmückte Galgenvögel ans Tageslicht brachte, geriet das Kuratorium in ein Kreuzfeuer der Kritik, die in dem Vorwurf gipfelte, das gesteckte Ziel vollkommen verfehlt und der Initiative Seiner Majestät einen Bärendienst erwiesen zu haben.

Der Bär!, riefen Amtsschimmel, Papiertiger und Reißwolf wie aus einem Maul und begannen sogleich, ein Konzept zu entwickeln, um den seit fast 200 Jahren nicht mehr gesichteten Meister Petz wieder nach Bayern zu holen. Aufrufe wurden erlassen, Flugblätter verteilt, ganzseitige Anzeigen in den Gazetten geschaltet und die elektronischen Medien des Freistaates dazu veranlasst, den Sendeschluss nicht mehr mit der Bayernhymne, sondern durch einen warmen, weiblichen Brummton zu signalisieren, der alle geschlechtsreifen Bären über Kurz- oder Langwelle elektrisieren musste.

So war es nur eine Frage der Zeit, bis ein junger, unternehmungslustiger Bär den Lockruf vernahm, das schöne Italien verließ und in das noch schönere Bayernland auswanderte. Als er im Lechtal den Weißwurstäquator erreichte, blickte er verträumt in den weißblauen Himmel, bestaunte die unzähligen fetten Schäfchenwolken, zog seinen Sprachführer aus dem Pelz, blätterte eine Weile und radebrechte vergnügt: Mia san mia!

Was immer der Zuagroaste damit zum Ausdruck bringen wollte – , seine Ankunft hatte er unmissverständlich signalisiert und löste dadurch einen Begeisterungssturm aus, der das Land selbst beim Oktoberfest nur in Ausnahmefällen erfasst hatte. Seiner Majestät Politik war jedenfalls glänzend gerechtfertigt, Gummi- und Teddybären als Stammwähler gewonnen und selbst der Bundesadler rühmte die liberalitas Bavariae und erklärte: Von Bayern lernen heißt siegen lernen!

Das einzige Lebewesen, das den gewaltigen Rummel nur notgedrungen ertrug, war der gefeierte Bär, der im Grunde gar nicht verstand, was und wie ihm geschah. Ja, wo samma denn?!, grantelte er entnervt und schwenkte seinen Sprachführer, als die Blasmusik schmetternd einsetzte und unter all dem blinkenden Blech kein einziger warmer, weiblicher Brummton erklang. Tief enttäuscht verdrückte er sich im Schlagschatten eines Herzhäuschens und zeigte der Feier, die immer mehr zur Selbstfeier geriet, ungeniert seine Kehrseite.

Als die Nacht hereinbrach und auch die letzten Schäfchenwolken verschluckte, kroch er müde und hungrig in eine Mulde, betrachtete sehnsüchtig die Große Bärin, die mit strahlenden, sternklaren Augen herabschaute, zückte seinen Sprachführer und seufzte in einem warmen, fast weiblichen Brummton: I hoab g'moant, des kannt passen...

Am nächsten Morgen sah alles ganz anders aus: Ein vielstimmiges Määäh erfüllte die Dämmerung, perlte taufrisch durch die tropfnassen Wiesen und wogte in sanften Wellen durch den Bodennebel, als ob alle Schäfchenwolken gegroundet wären. Der Bär rieb sich erstaunt die Augen, leckte sich mehrmals die Lefzen, nahm Witterung auf und dann wurde ausgiebig gefrühstückt.

Noch bevor der Bär seine zünftige Brotzeit beendet hatte, war die Schreckensmeldung in aller Mäuler und rief eine landesweite Katerstimmung hervor, die selbst Großkatzen wie Seine Majestät nicht verschonte. Das Kuratorium wurde zum Krisenstab erweitert, Staatstrauer angeordnet und die traditionelle Bierfahne im Hofgarten der Residenz unverzüglich auf halbmast gesetzt.

Während die Staatsführung nach außen ein Bild einhelliger Solidarität zeigte, tobte im Inneren ein Machtkampf um das weitere Vorgehen, der die Handlungsfähigkeit Seiner Majestät Regierung grundsätzlich in Frage stellte. Der Amtsschimmel ließ denn auch gar nicht erst mit sich reden und erklärte apodiktisch, dass der Bär nicht nur ein Kapitalverbrechen begangen, was der hinzugezogene Vertreter der Schafe blökend bekräftigte, sondern zugleich einen Generalangriff auf die vegetarische Staatsraison unternommen habe, der in den Annalen des Freistaates ohne Beispiel sei.

Der Papiertiger wandte dagegen ein, dass der Fall bisher noch gar nicht aktenkundig geworden sei, was der Bücherwurm umgehend bestätigte, und demzufolge gar nicht verhandelt werden könne. Quod non est in actis, non est in mundo, zitierte er trocken und setzte sich nachdrücklich für eine Vertagung ein.

Der Reißwolf plädierte ebenfalls für ein behutsames Vorgehen und gab zu bedenken, dass es auch unter Bären schwarze Schafe gebe, die namentlich dann aufträten, wenn ein Migrationshintergrund vorliege, der erfahrungsgemäß Eingliederungsprobleme bereite, deren Lösung Zeit und Geduld verlange, wenn man das neue Landeskind nicht mit dem erstbesten Blutbad ausschütten wolle.

Der ebenfalls hinzugezogene Fuchs konstatierte dagegen kühl, dass Bären nun einmal einen Bärenhunger besäßen und daher entweder sofort liquidiert oder in Schutzhaft genommen und zivilisiert werden müssten. Ob das Ergebnis einer solchen Enkulturation noch als Bär im Sinne der Königlichen Wiedergutmachungsverordnung eingestuft werden könne, stehe freilich auf einem anderen Blatt, sodass die Alternative möglicherweise auf eine Aporie hinauslaufe, die selbst die Weisheit seiner Majestät überfordern könne.

Während der Krisenstab immer kontroverser debattierte, die Taube den Friedensfürsten, der Falke die ultima ratio Regis beschwor und der Waschbär die immer länger werdende Regierungsbank abseifte, wobei er zugleich seine eigenen Pfoten in Unschuld wusch, hatte der Bär seinen Aufenthaltsort in eine Hühnerfarm verlegt und ließ es sich schmecken.

Als vom ganzen Hühnerschmaus nur noch ein Bein herausguckte, legte er sich satt und zufrieden auf die rechtschaffen faule Bärenhaut, warf seinen Sprachführer ins nahe Gebüsch, gab einen herrischen, männlichen Brummton zum Besten, zog sich die Wolkendecke über beide Ohren und entschlief in dem seligen Völlegefühl, dass wahre Liebe durch den Magen gehe.

Noch ehe der Bär erwachte, schrillten in der Residenz die Alarmglocken und entfesselten einen Sturm der Entrüstung, der alle Meinungsverschiedenheiten hinwegfegte und zu einer völligen Neubewertung der Lage führte. Während Gummi- und Teddybären übereilt ins Exil gingen und der Waschbär alle verfügbaren Persilscheine aufkaufte, schaute der Löwe betrübt in seine leere Maß, machte die Nagelprobe und seufzte ergeben: Das Maß ist voll!

In der für zwölf Uhr Mittag anberaumten Pressekonferenz wurde Seine Majestät noch deutlicher und erklärte, während sich der Gamsbart seiner Krone im Blitzlichtgewitter der Glühwürmchen sträubte: Dieser Bär, äh, ist ein Problembär, und es ist im Übrigen auch, im Grunde genommen, ein gewisses Glück gewesen, er hat um ein Uhr nachts praktisch diese Hühner gerissen.

Obwohl die Allerhöchste Erklärung einige unglücklich formulierte Passagen enthielt, die selbst erfahrene Hofastrologen vor unlösbare Rätsel stellten, machte ihr Tenor doch hinlänglich deutlich, dass sich der Zuagroaste auf eine Art entwickelt hatte, die seine Integration in einen zivilisierten Tierkreis grundsätzlich ausschloss.

Waidmannsheil!, schmunzelte der Schmierfink und freute sich mit der Zeitungsente auf die zu erwartenden Jagdszenen aus Oberbayern, während der Schreibstubenhengst kleinlaut zu bedenken gab, dass Seine Majestät zwar gut brüllen, aber leider kaum beißen könne, und das Etappenschwein defaitistisch ergänzte: Ich wollte, es würde Nacht oder die Saupreißn kämen!

Da der preußische Adler schon vor Jahrzehnten das Zeitliche gesegnet hatte, blieb der Stoßseufzer freilich ein frommer Wunsch, der vor allem deutlich machte, dass sich der Problembär quasi über Nacht verdoppelt und ein einheimisches Pendant hervorgebracht hatte, dessen hilflose Friedfertigkeit genauso bedrohlich erschien wie die hemmungslose Gewalttätigkeit seines zugewanderten Antipoden.

Auch wenn diese Vermutung vorerst nur hinter vorgehaltener Pfote, Tatze oder Schwinge kursierte, war sie schon bald allgegenwärtig und gipfelte in dem paradoxen Vorwurf, dass der wahre Problembär nicht marodierend durch die Lande streife, sondern hasenfüßig in der Residenz hocke und offenbar nicht einmal darauf warte, dass man ihn zum Jagen tragen werde.

Als dieser unhaltbare Zustand andauerte und sich im Zuge weiterer Hiobsbotschaften zum Staatsnotstand steigerte, verflüchtigte sich das Konterfei des Löwen zum Negativ eines perspektivlosen Schattenkönigs, während sich das Porträt des Bären zu einem Urbild archetypischer Majestät verdichtete, das bald so hell und richtungweisend strahlte wie das gleichnamige Sternbild am Nordhimmel.

Wer Augen hatte, zu sehen, wusste seitdem, dass die Schachuhr des Königs unwiderruflich ablief, auch wenn er in einer Mischung aus Ehrfurcht vor der Vergangenheit und Furcht vor der Zukunft davor zurückschreckte, das traditionelle Herrscherhaus offen in Frage zu stellen. Selbst der Esel wollte das Odium des Königsmörders nicht auf sich nehmen und weigerte sich standhaft, Seine Majestät mit dem bekannten Eselstritt zu verabschieden.

Während der Löwe die sich durchs Land schlängelnde Blutspur mit der Faszination eines Kaninchens verfolgte und der Schreibstubenhengst sie dank einer generalstabsmäßigen Routine aus besseren Tagen mit roten Fähnchen markierte, der Krisenstab unter der Last der Verantwortung zusammenbrach und die Hauptstadt mit Herz in der Hose in Panik geriet, als das Gerücht aufkam, der Bär plane einen Marsch zur Feldherrnhalle, blieb der Waschbär auch in dieser Situation die Ruhe selbst. Der mit allen Wassern des Großen Teiches gespülte Immigrant aus dem Land der unbegrenzten Möglichkeiten amüsierte sich sogar, machte eine nicht zitierfähige Bemerkung über das Alte Europa und brummte dann im schönsten Neudeutsch: If you can't beat him, join him!

Obwohl der Vorschlag im Grunde genommen nur die Schlussfolgerung aus der fortschreitenden Machtverschiebung zog, stieß seine offenherzlose Formulierung zunächst auf Vorbehalte, die teils die Loyalität, teils die Legitimität betrafen, im Zuge steigender Letalität allerdings ebenso schnell wieder verschwanden, wie sie aufgetaucht waren, zumal der Wendehals bedeutungsvoll darauf hinwies, dass Russland unter der Herrschaft des Bären zur Großmacht geworden sei. Diese verlockende Aussicht beseitigte die letzten Hemmungen. Eine Gesandtschaft wurde in Marsch gesetzt, die den aus allen Schäfchenwolken purzelnden Bären, der sein fabelhaftes Glück kaum zu fassen vermochte, mit klingendem Spiel in die Residenz geleitete, wo ihn die Löwin, die unter der fleischlichen Enthaltsamkeit ihres Gatten bis zur Selbstverleugnung gelitten hatte, mit einem warmen, weiblichen Brummton willkommen hieß.

Während der Waschbär vom Tellerwäscher zum Ministerpräsidenten aufstieg, Gummi- und Teddybären zu Staatsräten ernannt wurden, die Mitglieder des Kuratoriums sich im Glanz eines neuen Verdienstordens sonnten und der Bundesadler einmal mehr die liberalitas Bavariae rühmte, beendete der Löwe seine Tage als Bettvorleger am Lager seiner Ex-Gattin, wo er mit einer Maß in der Pranke und einem Radi im Maul beim Morgenempfang dafür sorgte, jeden Gedanken an eine Restauration im Keim zu ersticken.

## Von Oxen und Paradochsen

Die Fliege fliegt, die Spinne spinnt,
der Schwärmer schwärmt... Was macht der Stint?,
versetzt die Eule und doziert,
dass sich ein Rentier nicht rentiert,
bis sie der Stör entrüstet stört –
er hat das Gegenteil gehört.

Die Unke unkt: Da läuft was schief!,
der Gründling gründelt abgrundtief,
sodass die Gans ganz Böses ahnt,
da auch dem Schwan inzwischen schwant,
dass selbst der Vogelzug entgleist,
weil seine Meise niemals meist.

Der Kiebitz freilich ist auf Draht
und kiebitzt nicht allein beim Skat,
er sieht auch, wo die Katze haust
und paradoxerweise maust,
was diese freilich gar nicht kratzt,
da selbst die größte Maus nicht katzt.

Der Ochse ochst zwar immerzu,
doch stiert er öfter auf die Kuh,
die niemals kuht, nur manchmal kalbt,
wie auch die Schwalbe selten schwalbt,
wogegen sich der Fuchs stets fuchst,
wenn ihm der Luchs die Gans abluchst.

Die Laus verweigert sich massiv –
sie laust nicht einmal reflexiv;
mag sein, dass sie der Affe laust,

weil ihr schon beim Gedanken graust,
dass sich der Wels im Flussbett wälzt
und, schlimmer noch, die Stelze stelzt,
sogar der Hamster unentwegt,
ja selbst der Regenwurm sich regt,
auch wenn's ihn wurmt, wenn ihn das Huhn
verspeist. Er mag in Frieden ruhn –,
sofern der Tapir nicht tapiert,
dass ihn die Barbe schlecht barbiert.

## Der Wurmfortsatz

Ein Bücherwurm wird mit der Zeit
unweigerlich enorm gescheit,
weil er bewusst nach Bildung strebt
und nur von Lesefrüchten lebt,
die er mit Kennermiene kaut,
verschluckt, versaftet und verdaut,
bis er den komprimierten Rest
als Reader's Digest fahren lässt,
der ihn dann wiederum ernährt,
hat er das letzte Buch verzehrt,
auch wenn sein Lebensraum vielleicht
nur noch für eine Fabel reicht,
denn schon sein nächstes Fabrikat
besitzt bloß Duodezformat,
das, wieder miniaturisiert,
mit Mühe als Sedez firmiert,
mithin der Band, der danach kommt,
nur noch als Hungertüchlein frommt,
dem freilich, wenn man es verschlingt,
ein neues Endprodukt entspringt,
und sei es nur ein Sterbenswort,
es geht so weiter (und so fort),
sodass er, wenn er nicht verzagt,
sich auch im Mikrokosmos plagt
und immer strebend sich bemüht,
als Asymptoter Geist versprüht.

## *Die verschlossene Auster*

Sie war eine Auster, aber so einsilbig, dass sie selbst unter ihresgleichen als verschlossen galt. Wenn ihre Nachbarn sich auf der Austernbank sonnten, entspannt die Deckel öffneten und leise blubbernd zu plaudern begannen, hielt sie beharrlich die Schalenklappe und setzte einen Kontrapunkt der Stille, dessen Geistesgegenwart sogar die Geräuschkulisse der Brandung übertönte.

Warum sie in dieser selbst gewählten Einsamkeit lebte, vielleicht vegetierte, blieb ihr Geheimnis. Glanzvoll war ihre Isolation nicht. Eine von vielen hockte sie felsenfest im Gezeitenstrom, filterte mit den Kiemen das eingestrudelte Plankton und laichte bei sommerlicher Springflut synchron mit den anderen ab. Ihr Alter lag fast im statistischen Mittel, Gestalt und Größe entsprachen der Norm und auch ihr Deckel zeigte die gleiche geschichtete Blattstruktur wie die ihrer redseligen Artgenossen.

In den Augen der Welt bot ihr Erscheinungsbild daher keinen Anhaltspunkt, der ein abweichendes Verhalten gerechtfertigt hätte. Da aber von nichts bekanntlich nichts kommt, musste es einen solchen Punkt geben – wenn nicht auf der Außen-, dann auf der Innenseite. Auf den ersten Blick war das Problem damit gelöst: Nach tierischem Ermessen hatte die Auster eine Perle hervorgebracht!

Bei näherer Betrachtung zeigte sich freilich, dass dieser Blick kein Röntgenblick war, der die Vermutung hätte bestätigen können. Eine verschlossene Auster gleicht einer Blackbox, deren Struktur nur mit Hilfe etwaiger Lebensäußerungen erschlossen oder doch wahrscheinlich gemacht werden kann. Blieben sie, wie in diesem Fall, aus, war guter Rat teuer.

Immerhin bot sich die Chance, die Möglichkeiten mit einem Ausschlussverfahren einzugrenzen. Eine Auster, die in gesegneten Umständen war, setzte in der Regel alles daran, sich auch mit dem Nimbus zu schmücken, von dem jedes Mitglied der Familie Ostreidae von Kindheit an träumte. Es widersprach daher aller Erfahrung, sein Glück zu verschweigen und damit auf alles zu verzichten, was einer Auserwählten an Statusgewinn und Sozialprestige in den Schoß fiel.

Diese Regel widerlegte die ursprüngliche Annahme allerdings nicht. Sie besagte lediglich, dass das Geschehen einer statistischen Gesetzmäßigkeit unterlag, aber nicht, dass es so ablaufen musste. Wenn aber keine Notwendigkeit vorlag, sich so zu verhalten, besaß jede Auster die Freiheit, ihr Geheimnis für sich zu behalten. Welche Beweggründe sie dabei leiteten, war demgegenüber belanglos, da alle denselben Effekt bewirkten: mehr zu sein als zu scheinen.

Da dieses Verhalten aber genauso gut auf der Vorspiegelung einer falschen Tatsache beruhen konnte, blieb die Existenz der Perle so fragwürdig wie zuvor. Welche Motive dabei mitspielten, war auch hier bedeutungslos, da alle dieselbe Wirkung hervorriefen: mehr zu scheinen als zu sein.

Angesichts dieser Aporie sah es ganz danach aus, als ob die schweigende Auster, so paradox das klingen mochte, das letzte Wort behalten sollte. Auf jeden Fall war die Drohung mit Gewalt bei unbeweglichen Zwittern ebenso aussichtslos wie die Verlockung der Liebe, sodass man die widerspenstige Außenseiterin weder im Guten noch im Bösen beeinflussen konnte. Es blieb den Austern daher nichts anderes übrig, als das Problem auf die lange Austernbank zu schieben und es dem Zahn der Gezeiten zu überlassen, das Rätsel zu lösen.

Diese nüchterne Einschätzung erwies sich schon bald als ausgesprochen realitätstüchtig, da die veränderte Haltung der Gruppe keine Veränderung im Benehmen der Außenseiterin bewirkte. Wer im Stillen gehofft hatte, die verschlossene Auster durch den Entzug der Aufmerksamkeit aus der Reserve locken zu können, wurde auf jeden Fall bitter enttäuscht und sah sich wohl oder übel gezwungen, die Grundsatzentscheidung auch innerlich anzuerkennen: Mit taktischer Raffinesse war der schweigenden Artgenossin nicht beizukommen.

Dieser resignative, mit einem Anflug von Verbitterung versetzte Konsens läuterte sich im Laufe der Zeit zur kontemplativen Einsicht in die Notwendigkeit natürlicher Abläufe und wäre nach Jahr und Tag vermutlich einem wohltätigen Vergessen anheim gefallen, wenn nicht eine Möwe die Bank überfallen und ausgeraubt hätte.

Obwohl die wahllosen Schicksalsschläge die Austern in ein schreckliches Wechselbad von Bangen und Hoffen stürzten, wurde einigen sofort klar, dass die Bedrohung die vielleicht einmalige Chance enthielt, die Geheimnistuerei ihrer Artgenossin zu beenden, auch wenn jede von ihnen natürlich wusste, dass ihr Fressfeind nur als Zufallsgenerator fungierte, dessen Trefferwahrscheinlichkeit so gering war wie das Auftreten einer Perle in einer Auster.

Ungeachtet dieser geringen Erfolgsaussichten trug ihre Existenz dazu bei, die grassierende Todesangst zu mildern, da sich mehr und mehr Austern nicht mehr als potenzielle Opfer, sondern als teilnehmende Beobachter einer Versuchsreihe verstanden, deren Faszination so lange anhielt, wie sie nicht selbst betroffen waren.

Wann immer die Möwe eine Auster vom Grund gelöst hatte und aufstieg, um sie über einer nahe gelegenen Felsplatte abzuwerfen, sich auf dem gedeckten Tisch niederließ und nach vollendeter Mahlzeit erneut startete, erhob sich eine Begeisterung, die in dem schändlichen Wunsch gipfelte, die schweigende Auster möge die nächste sein.

Diese Bombenstimmung platzte allerdings wie eine Seifenblase, als die Möwe die Nonkonformistin tatsächlich mit einigen Schnabelhieben vom Untergrund löste und dann routiniert auf- und davonflog.

Nachdem die Austern ihre Schockstarre überwunden hatten, machte sich eine allgemeine Enttäuschung breit, die aber schnell von einer tiefen Erleichterung überlagert und schließlich überwunden wurde. Welchen Preis die Austern auch immer bezahlt haben mochten – und die Verluste waren spürbar – , die Möwe hatte der Kolonie einen unschätzbaren Dienst erwiesen und die stumme Provokation für immer zum Schweigen gebracht.

## Lied der Gottesanbeterin

Mein Erster war Pius, ein Dompfaff,
der vögelte nur im Ornat,
er zog zwischendurch sein Kondom straff
und pfiff dabei aufs Zölibat.

Wir liebten uns bis zur Erschöpfung
und feierten Urlaub vom Ich,
dann ließ mich die Drohne der Schöpfung
aus heiterem Himmel im Stich.

Seit damals bin ich aufgeklärt
und sorge dafür, dass mich keiner mehr bescheißt:
Wer mit mir sexuell verkehrt,
wird nach dem Akt verspeist.

Der Abschied erfolgt immer schicklich,
wer gehn muss, geht mit Sakrament,
sodass ihm der Tod augenblicklich
so leicht wird, dass er dankbar flennt.

Ein Gleitmittel in das Nirwana
erleichtert mir dabei die Pflicht:
Olivenöl aus der Toskana
verfeinert das Jüngste Gericht.

Jetzt bete ich nur noch darum,
dass mich das Pfaffenschwein ein zweites Mal hofiert;
den Platz im Poesiealbum
hab ich schon reserviert.

## *gecovert*

Die Eintagsfliege: I did it Friday...

Der Löwe (die Mähne schüttelnd): I did it hairspray...

Die Qualle: I did it X-ray...

Der Star: I did it Broadway...

Das Rentier: I did it Norway...

Der Pinguin: I did it cutaway...

Der Adler: I did it highway...

Der Haifisch: No, I did it Haiway!

Der Maulwurf: I did it subway...

Die Ratte (nach Verlassen des sinkenden Schiffes): I did it gangway...

Das Krokodil (mit Träne im Knopfloch): I did it fairplay...

## Der Zitteraal

Der Zitteraal war bestgehasst,
weil er bereits als Gymnasiast
zu seinem Gaudium gezielt
das Flussbett unter Spannung hielt.

Wer zu ihm kam, ward kurz taxiert
und Knall auf Fall elektrisiert:
Ein Blitz aus heitrem $H_2O$
traf den Besuch. Der ist k.o.!

So hauste er, der Welt zum Hohn,
als submariner Robinson
(ganz ohne Poll, den Papagei)
in tiefer Eigenbrötelei.

Längst schimpfte man ihn Flusstyrann,
da lachte ihn ein Weibchen an;
prompt blinkte sein Elektrocolt,
schon trafen ihn 200 Volt!

Er zuckt zurück, sein Hertzschlag fliegt;
er ist zum ersten Mal besiegt
und merkt doch höchst beglückt, dass man
mit Strom kommunizieren kann.

Seitdem schwimmt er im Redestrom,
pflegt ein vernetztes Idiom,
bis er, folgt man dem letzten Tweet,
als alter Twitteraal verschied.

## *Drucknachweis*

Der neue Leviathan, in: Aus der Mitte und vom Rand her geschrieben. Jokers Lyrik-Preis 2008. Die besten Gedichte, (Norderstedt o.J.), S. 26f. Das Gedicht erhielt zugleich einen der zehn Sonderpreise der Hörothek und kann unter www.hoerothek.de/index-lyrikpreis.htm abgerufen werden.
Ich habe für den Neuabdruck vier Zeilen verbessert:
In der 1. Strophe heißt die zweite Zeile nicht mehr „danach die Stimmung ausgezählt", sondern „man hat die Stimmen ausgezählt".
In der 3. Strophe heißt die zweite Zeile nicht mehr „Ich schätze diesen schönen Brauch.", sondern „Ich schätze diesen Sprachgebrauch."
In der 6. Strophe heißen die ersten beiden Zeilen nicht mehr „Der Esel röhrte guttural: Der Rüssel scheint mir abnormal;", sondern „Der Esel röhrte prononciert: Die Nase scheint mir manieriert;".

Von Hartwig Stein erschien bei
Books on Demand:

IN DUBIO PRO LEOne.
Fünfzig Fabeln für Verwachsene,
(Norderstedt 2005).